JN016719

あの花が咲く丘で、君とまた出会えたら。

汐見夏衛

イラスト／ふすい

装丁／北國ヤヨイ（ucai）

溶けそうに暑い夏だった。

悪夢のような世界で、私は初めての恋をした。

強くて優しい瞳のあなたに、
死を覚悟したあなたに、

全身全霊をかけて、精一杯の恋をした。

目次

序章　立夏

プロローグ

生まれて初めて私が愛した人は、特攻隊員だった。

大きな愛を胸に秘めた、優しくて強い、あたたかな人。私の大切な人。

彼は、私と出会ったときには、もうすでに死を覚悟していた。

「愛する人たちを守るために、俺は死にに征(ゆ)くよ」

揺るぎない瞳で、そんな悲しいことを言った。

「行かないで」

と泣いてすがる私を、彼はただ静かな眼差しで包み込むだけで……。

そしてある夏の日、怖いくらいきれいに晴れた青空の向こうへ、一点の小さな光となって消えていった。

ねえ、彰（あきら）。

私の声が聞こえますか。

あなたは今、どこにいるの？

そこは、痛みも苦しみも悲しみもない、穏やかな場所ですか？

風に吹かれる花びらのように儚（はかな）く散ってしまったあなたが、せめて今は、優しい夢の中で、安らかに眠っていることを祈ります――。

一章　初夏

防空壕の跡

「えー、そういうわけで、一九四五年になるとますます戦況は悪化して、日本の劣勢は明らかに……全国各地が米軍によって空襲されて焼け野原となり、この町でも終戦間際に大きな空襲が……」

　先生が野太い声でしゃべりながら、かつかつと音を立てて黒板に何か書いていくのを横目に、私はまったく別のことを考えていた。

　なんで、こんなに苛々(いらいら)するんだろう?

　私は机に頬杖(ほおづえ)をつき、窓枠に四角く切り取られた真っ青な空を見ながら思う。

　自分でも理由なんか分からない。でも、私は毎日毎日、とにかく苛々している。

　口うるさく小言ばかり言ってくる親も、刑務所みたいに生徒を管理して統制しようとする学校も、熱気のこもった暑苦しい教室も、開け放たれた窓から入り込んでくる蝉の声も、教壇の上で偉そうにしゃべっている先生も、黒板を打つチョークの音も、かりかりと板書をノートに書き写すクラスメイトたちも。全部がむかつく。何もかもが私を苛立たせる。

蝉はしゃがれた声で大合唱を続けている。まるで鳴き声で世界を埋め尽くそうとしているみたいだ。うるさい、うるさい、うるさい。ただでさえ暑いのに、余計に体感温度が上がる。

私は苛立ちのままにきつく眉を寄せ、じっと窓の外に顔を向けていた。もちろん、教科書もノートも開いていないし、そもそも筆記用具さえ机の上に出していない。

だって、勉強は好きじゃないし、その中でも、歴史の授業はいちばん嫌いだ。何十年も何百年も昔のことなんか勉強して、いったいなんの役に立つわけ？　と思ってしまうのだ。

私は高校に行きたいとも思っていないし、テストの成績もどうだっていい。そんなもの、くだらない。だから、私には勉強なんか必要ない。

私は学校が大嫌いだ。こんなにも息苦しい場所が、ほかにあるだろうか。本当はこんなところには来たくない。でも、さぼると親や教師からごちゃごちゃ言われてうざったいから、仕方なく来ているだけだ。

「――おい、加納（かのう）！」

いきなり大声で名前を呼ばれたので、私は眉をひそめてゆっくりと視線を前に向けた。教壇の上から険しい表情で私を睨（にら）んでいる先生と目が合う。

「お前、話を聞いてるのか!?」

「……いちおう、聞いてます」

「いちおう、だと？　ちゃんと気を入れて聞かんか！　おい、板書は写してるんだろうな?」

怒鳴るような威圧的な口調。教師ってどうしてみんなこんなに偉そうなんだろう。本当に、ふんぞり返って子どもに説教できるほどたいした人間なんだろうか。

「写してません」

嘘をついたって仕方がないし、そもそも取り繕う必要もないと思ったので、私は正直にそう答えた。その瞬間、先生の顔が茹でダコみたいに真っ赤に染まる。

「ふざけるな！　お前、大人を馬鹿にするのもたいがいにしろよ！」

「………」

べつに馬鹿にしてるつもりはないんだけど、と内心でぼやきつつ、訂正するのも面倒なので、私は黙って先生を見つめ返した。先生は怒りをなんとか飲み込もうとするように大きく息を吸い込んでから、

「……ふん、まあいい。一二〇ページの四行目から読め」

と諦めたように言った。

私はため息をついて机の中から教科書を取り出し、ゆっくりと立ち上がった。

クラスメイトたちが横目で、あるいは目立たないように小さく振り返って、ちらちらとこちらの様子を窺ってくる。先生の額には怒りの余韻で青筋が浮いていた。

私はもう一度ため息を吐き出して、指示された場所を読みはじめた。

「……そこで日本は、不利な戦況を打開するために、特攻作戦を決行――」

「声が小さい！」

先生の怒鳴り声に遮られて、私の苛立ちは最高潮に達した。

「――気分が悪いので、保健室に行ってきます」

私は俯いたまま一方的に告げて、教科書を投げ出し、すたすたと歩き出した。

先生が顔をしかめて「おい！」と言ったけれど、無視して後ろのドアから廊下に出る。

クラスメイトたちが唖然とした顔で見ていた。それから、周囲の子たちとこそこそ何かを言い合っている。普段は私のことなんか見て見ぬふりで空気みたいに扱うくせに、こういうときだけは興味津々なんだから、笑える。

ああ、本当に、何もかもが苛々する。

保健室には行かず、校舎のいちばん端の階段をのぼっていく。立ち入り禁止の屋上へと続くドアの鍵が壊れているのを、私は知っていた。

錆びついた取っ手をつかみ、色褪せた古くさい鉄扉を押し開ける。隙間からぶわりと熱気が押し寄せてきた。直射日光に灼かれた屋上のコンクリートを踏みしめると、ざりっといやな音がした。

ざり、ざり、と自分の上履きが立てる音を聞きながら、貯水タンクの陰に移動し、ごろりと横になる。強すぎる陽射しに包まれた屋上は、たとえ日陰になっていても、吐き気がするほど暑い。

どこにいたって居心地が悪いのは同じだ。家でも、教室でも、青空の下でさえ、私の苛立ちはおさまることがない。

でも、誰にも見られる心配のないこの場所が、まだいちばんマシだった。

放課後の始まりを知らせるチャイムが鳴るまでそこで時間をつぶして、グラウンドに部活動生たちが溢れはじめた頃、私はやっと屋上を離れた。

ひと気のなくなった教室に鞄を取りに戻り、逃げるように学校を出た。

両側に一軒家やアパートが建ち並ぶ細い道を歩く。家に向かっているというより、ただ黙々と機械的に足を動かしているだけだ。

本格的な夏の色を帯びはじめた太陽が放つ光は、夕方とはいえまだまだきつくて、じわりと汗ばんだ背中が気持ち悪かった。

毎日歩いている道。私は今まで何回、この道を歩いたんだろう。あと何回、この道を歩かなきゃいけないんだろう。そう考えただけで嫌気が差して、何度目かも分からないため息が出た。

毎日毎日、同じことの繰り返し。代わり映えのしない、平穏すぎてつまらない生活。いやだ。苛々する。早く抜け出したい。でも、どうやったら抜け出せるんだろう?

古びたアパートの前で、私は足を止めた。鉄臭い錆（さび）だらけの階段の脇をすり抜けて、一階のいちばん奥、どんよりと暗く湿っぽい玄関の前に立つ。

ここが私の家。物心ついた頃からずっと、ここにお母さんとふたりで住んでいる。父親が誰なのかは知らない。お母さんは二十一歳で私を生んで、そのときからずっとシングルマザーらしい。

そんな家庭環境もあって、私は周囲からいつも色眼鏡で見られてきた気がする。〝かわいそうな子〟として同情されるか、腫れ物に触るように様子を窺われるか、『片親だからひねくれた子に育ったんだ』と陰口を叩(たた)かれるか。

鞄の中の鍵を手探りで探していると、火がついたような蝉の鳴き声に背中を包まれた。アパートの隣の大きな家には広い庭があって、そこに植えられている木には毎年大量の蝉がすみつくのだ。ああ、本当にうるさい。苛々する。

私はやっと見つけた鍵で玄関を開け、静まり返った部屋の中に入った。部屋には熱気がこもっていて、息苦しいほどに蒸し暑い。私はリビングの窓を開けて扇風機のスイッチを入れた。

テレビの電源を入れると、夕方のニュース番組が流れはじめる。ただ沈黙がいやだっただけで、べつにテレビが見たいたわけではないから、興味もないニュースを垂れ流しにしたままで私は床にごろりと寝転がった。

『今から七十年前、特攻隊の戦闘機は、片道分の燃料と爆弾だけを積んで南の空へと飛び立ち……』

深刻そうな声のナレーション。私はちらりとテレビ画面に目を向けた。

音のない白黒の映像。海に浮かぶ要塞みたいな巨大な軍艦。それに向かって、空から一直線に飛び込んでいく、小さな黒点のような飛行機。

その飛行機が甲板にぶつかると同時に白い光が炸裂して、無音の爆発がおこる。

でも、軍艦はわずかに揺れただけで、沈むことはなかった。

――特攻隊。そういえば、今日の歴史の授業でもそんなことを言ってたな、と思い出す。

くだらない、と思う。最近、海外での自爆テロが日本でも問題になっているけれど、日本人だって昔は似たようなことをしていたわけだ。

まあ、興味ないけど、と心の中でひとりごちる。何十年も昔のことや、遠い外国のことなんて、どうだっていい。

戦争の番組は、見ているだけでなんだか暗い気分になるから、好きじゃない。

私はチャンネルを適当に変えた。

カーテンを揺らし、首筋を撫でていくぬるい風を感じながら、私はテレビに背を向けてうたた寝をはじめた。

「――ちょっと、百合！　起きなさい！」

ばしんと頭を叩かれて、私は唐突に眠りから覚めた。

眉をひそめて目を開ける。お母さんの怒った顔が視界いっぱいに広がった。

あーあ、また怒られるのか……。うざい。めんどくさい。

私はこれからの展開を予想して、うんざりしながら身体を起こした。ちらりと外を見ると、すっかり暗くなっている。

「……まったく、あんたって子は……どうしてそうなのよ」

お母さんは険しい表情でぶつぶつと文句を言いながら化粧台の前に座る。そしていつものように真っ赤な口紅を塗り、派手なアイメイクをはじめた。これから夜の仕事に行くからだ。

お母さんは昼間はスーパーで、夜は飲み屋で働いている。昼のパートから帰ってくると、化粧を直して近所のスナックに出かけていくのだ。

「こんな時間まで制服のままで寝こけて……宿題はちゃんとやったの?」

私は答える代わりに「いちいちうるさいなあ」と悪態をついた。

「うるさい?　言われなきゃやらない百合が悪いんでしょうが!」

「あとでやるって。いいじゃん、ちょっとくらい寝たって」

苛立ちのままに言い返したとき、お母さんの携帯電話が鳴り出した。画面の表示を確認して、お母さんが通話ボタンを押す。

「はあい、もしもし、加納です」

お母さんは高い声で愛想よく応えた。さっきまで私に向けていた不機嫌な声と表情はどこへ行ったのか。その豹変(ひょうへん)ぶりがさらに私を苛立たせる。

私はまた床に寝転がり、耳を塞いで、お母さんの外行きの声を聞かないようにする。それでも声は指の隙間から耳の中に忍び込んできた。

お母さんは「ええ、はい」とか、「そうだったんですか」とか、「いつも本当にすみません、ご迷惑ばっかりおかけして……」とか、申し訳なさそうな情けない声で繰り返している。学校からの電話だろうな、と私は思った。

しばらくして電話が切れた途端に、お母さんは再び豹変する。

「担任の先生からだったわよ！　百合、起きなさい！」

怒鳴るように言われて、仕方なくゆっくりと身を起こす。

「また授業さぼったんだって？　もう何回目？」

「さあ。十回目くらい？」

わざと平然と答えると、お母さんはため息をついて両手で顔を覆った。俯いた頭をじっと見ていると、生え際の白髪が目立って、私は思わず目を背ける。

「……もう、あんたは本当に！　お母さんがあんたのために働いてる間に学校さぼって、家に帰って来ても宿題もしないで昼寝なんて、いいご身分ね！」

嫌味ったらしく言われて、かあっと頭に血がのぼる。

「なにそれ、恩着せがましい。お母さんが勝手に私を生んだんでしょ？」

そんな言葉が口をついて出た。

しまった、言いすぎた、と一瞬思ったけれど、もうあとには引けない。

「生みたくて生んだんだから、育てるために稼ぐの、当たり前じゃん！」

お母さんの顔が怒りで一気に赤く染まる。

「……この、親不孝者！」

もう耳にタコができそうなほど聞いた言葉だ。

「あんたには言わなかったけど、一昨日も学校から電話あったわよ！　授業中の態度が悪いし、宿題も出さないって！　どうしてあんたはそうなのよ、ちゃんと勉強しないのよ!?」

「そんなの私の勝手でしょ」

「あんたのために言ってるのよ！　今勉強しとかないと、将来苦労するのは自分なのよ!?　絶対に後悔するんだから！」

「私のため？　違うでしょ、自分の世間体のためでしょ」

「な……っ、親に向かってなんて言い方するの！」

「ああもう、うるさいうるさい！　私の人生なんだからほっといてよ！」

叫んだ瞬間、頰に衝撃と熱さが走った。平手で叩かれたのだ。

私は頰を抑えたまま睨み返す。お母さんは怒り狂った顔をしていた。

「あんたみたいな馬鹿、私の子どもじゃない!!」

お母さんが甲高い声で叫んだ。

――『私の子どもじゃない』？

そりゃそうだよね。望んでもないのに妊娠して、私のせいで若さと青春を棒に振っちゃったんだもんね。

でもさ、私だって、望んで生まれてきたわけじゃないよ。

頭のどこかで、何かがぷつんと切れるような音がした。

「……それはこっちのセリフだよ！　私だって、あんたなんか親だと思ってない！　そんなに邪魔なら、出て行ってあげる！」

私はそう叫んで、制服のまま鞄をつかみ、玄関から飛び出した。

「――さて、どこで寝ようかな」

私のひとり言は、変に赤い夜空に吸い込まれていった。

街灯の明かりに照らされた道をぶらぶらと歩き、小さな公園の角を曲がって、住宅街の外れに向かう。

ここから十分ほど歩いたところに、小さな裏山があった。このあたりの住民たちからは『山』と呼ばれているけれど、どちらかと言えば『丘』という感じの低さだ。

なんとなく、ひと気のないところがいいな、と思い、私は裏山のほうに足を向けた。裏山のふもとは崖のようになっていて、岩肌が剥き出しになっている。その崖に、一ヶ所、大きな穴が空いているところがあった。

「……ボークーゴー」

子どもの頃、お母さんから聞いた。

『あれは防空壕っていって、戦争のときに、爆弾から逃げるために掘られたのよ。兵隊さんの幽霊がいっぱい出るから、絶対に入っちゃだめよ』

幼かったから、幽霊と聞いて縮み上がってしまって、ここには近づかないようにしていたっけ。今思えば、この中で子どもが遊んだりしないように、このあたりの大人たちはみんなそう言うんだろう。

私ももう中学生だし、幽霊なんかいないともちろん分かっている。防空壕はたしかに不気味だけれど、背に腹は代えられない、というやつだ。

私はひとつ深呼吸をして、防空壕に一歩一歩と近づいた。

住宅街の夜は、街灯もあるし、家々の明かりもあるし、それほど暗くはない。でも、崖の裾にぽっかりと空いた穴の向こうにはどんな明かりも届かず、本当に真っ黒だった。ほんものの暗闇、という言葉感じがする。どんなに目を凝らしても、その奥にはなんにも見えないのだ。

高鳴る鼓動を意識的に無視して、私は防空壕の前に立った。入り口から一歩踏み込んだところに何があるのかも見えないくらい、まったく奥行きも分からないくらい、深い闇。

ぞく、と全身の肌が粟立った。でも私は、臆しそうになる自分の心を鼓舞して、中に足を踏み入れる。だって、誰にも見られずにひと晩しのげるところなんて、ここくらいしか知らない。

中に入った瞬間、私の視界は完全に闇に奪われた。足がすくんで、それ以上進めない。恐怖心を振り払うように、私は乱暴な仕草で足許に鞄を落として、その上に座った。

足許から、ひやりとした冷気が上がってくる。夏だなんて信じられないほどだ。今はまだ初夏だから、たしかに夜はひんやりと肌寒い日もあるけれど、それにしたって、ここまで寒いなんて。昼間も陽が当たらないからだろうか。

それとも、本当に……いや、そんなはずはない。ありえない。

自分の考えでまた背中が寒くなるのを無視して、私は鞄の中から体操服のジャージを取り出した。春からずっと学校に置きっぱなしにしていて、たまたま今日、そろそろ持って帰ろうかと思って鞄に入れていたのだ。まさか野宿する羽目になるとは思ってもみなかったけれど、ラッキーだった。私はジャージの上下を着て、冷たい土の上に寝転がった。

背後は真っ黒な闇で、何も見えない。そこに何があるのか、何がいるのか、まったく分からない。

私は奥のほうを見ないように入り口に顔を向けて、ゆっくりと目を閉じた。

「……ん？」

地面に直に触れていた肌に、ちくりとした刺激を感じて、私はふと目を覚ました。覚ましたはずなのに、何も見えない。

寝ぼけた頭で、おかしいな、と怪訝に思って身を起こすと、周りは漆黒の闇だった。ずいぶん寝たような気がするけれど、まだ夜なのか。そう思ったとき、地面についた手のひらがやけにざらざらすることに気がついた。何度か確かめるように触れてみて、どうやら砂利が敷き詰められているらしいと理解する。ゆうべは湿った土の地面だと思ったんだけど、勘違いだったのだろうか。

何気なく暗闇の中で首を巡らせると、ふとあることに気がついた。真っ暗闇の中に、ひと筋の細い光が射し込んでいるのだ。

不思議に思って、私はそちらに向かって進んでいく。近づいてみると、どうやら板戸のようなものの隙間から陽が射しているのだと分かった。

昨日は入り口に扉なんてなかったはずだ。いつの間に、誰が取り付けたんだろう？　もしかして……閉じ込められた？

自分の考えに心臓が跳ねて、急に恐ろしさを感じた。慌てて戸を押してみる。

「なんだ……開くじゃん。びっくりした……」

呆気なく開いたので安堵の息を洩らして、私は板戸を全開にした。

その瞬間、外の熱気がぶわっと流れ込んでくる。

「あっつ……」

私は着ていたジャージを脱ぎ、鞄の中に押し込んだ。

さて、どうしようかな。家には帰りたくないし、とりあえず学校に直行しようか。でも、お風呂には入りたい。というか、今何時なんだろう。お母さんが朝のパートに出ている時間なら、こっそりアパートに帰ってシャワーだけでも浴びよう。

そう思って、時間を確かめるためにスマホを取り出した。

「……え？　圏外？」

驚いて場所を移動する。でも、防空壕から離れてもいっこうに電波は届かない。

念のために再起動してみたけれど、やっぱりだめだった。

わけが分からず途方に暮れて、私はスマホをしまって顔を上げた。その途端。

「……え？」

目の前に広がる風景を見て、目が点になった。

自分の目を疑いながら、私はあたりを歩き回る。

「……なんで、なんにもないの？」

——あるはずのものが、何ひとつない。

家もアパートもマンションも、電信柱も電線も、道路も信号も歩道橋も、公園も学校も交番も。何もかも、なくなっている。

その代わり、そこにあるのは、ただ一面のだだっ広い野原。

「……なんで？　どういうこと？」

私は野原のど真ん中に呆然と立ちつくした。

ひと晩にして、街が消えた？

無意識のうちにゆっくりと歩き出す。とにかく、この現状を理解させてくれる何かを見つけたい、という一心で。

しばらく歩くと、少しずつ人間の気配を感じる景色になってきた。それでも、やっぱり何かがおかしい。訝しく思って考えを巡らせた結果、その理由に思い当たった。建ち並ぶ家も、電柱も、看板や柵も、全部が見慣れない木造のものなのだ。だから、町全体が薄汚れた茶色に沈んで見える。

どう考えても、これは私の住んでいる街ではない。何がなんだか分からないまま、私はよろよろと歩き続けた。

何か、なんでもいいから、自分の知っているものを見つけたい。そればかりを考えながら歩いて、歩いて、歩いて、そのうちふいに、急激な喉の渇きを覚えた。

そういえば、昨日の夕方に学校を出てから、一滴の水分もとっていない。しかも、この炎天下。容赦なく照りつける陽射しは肌に痛いほどで、少し歩いただけで全身から汗がだらだらと噴き出してきた。

頭がぼうっとしてくる。とりあえず何か飲まないと……と焦りはじめた。幸い、財布はちゃんと持って来ているから、買い物はできる。そう思ってあたりを見回したけれど、自動販売機もコンビニも見当たらなかった。

——やばい、暑い。だんだん頭が痛くなってきた。胸のあたりが変に気持ち悪くて、吐きそうだ。私は口許(くちもと)を押さえて道端にへなへなと座り込んだ。

暑くて暑くて、息が苦しいくらいだった。靄(もや)がかかったような頭の片隅に、死がちらついた。

思えば、つまらない人生だった。楽しいことなんか、なんにもなかった気がする。未来に希望もなんにもない。

ああ、そう考えたら、私なんか死んだって構わないか。お母さんだって、こんな出来損ないで反抗ばっかりの娘が消えてくれたら、自分のために生きて行けるだろう。

そんなことを考えながら膝(ひざ)の間に顔をうずめていると、突然、

「——おい、君、大丈夫か？」

私の気分とは正反対の、涼しげでさわやかな声が降ってきた。

「……？」

のろのろと目を上げる。

視界に入って来たのは、夏の陽射しを背に受けて佇(たたず)み、私の顔を覗(のぞ)き込むようにしている人影。

逆光で顔が見えないけれど、声や背格好からすると、若い男の人。でも私よりはかなり年上の、たぶん大学生くらいだろう。

喉が渇きすぎて、気分が悪すぎて、何も答えられずにいると、その人は私の前にしゃがみ込んだ。

太陽を遮るものがなくなり、その姿が光に照らされて、はっきりと見えるようになる。

──え、なにこの人。

私は目を見開いた。彼はひどく変な格好をしていたのだ。

これは、軍服、というやつだろうか。歴史の教科書に載っているような服だ。

理解に困ってぼんやりと彼の顔を眺めていると、ふいに手が伸びてきた。

すらりとした指の大きな手が、私の額にふわりと触れる。

「……熱いな」

少し心配そうな声をあげて、彼は自分の腰のあたりから何かを取り出した。

「飲みなさい。水だよ」

目の前に差し出されたのは、布袋に金属のキャップがついた、不思議な代物(しろもの)。

見たこともない。

でも、水、という言葉を聞いて、一瞬にして私の頭は真っ白になった。

私はキャップを外す彼の手からひったくるように布袋を奪い取った。ちゃぷん、と水の音がする。見たことがない形だけれど、本当に水筒らしい。

飲み口に唇をつけて、一気に中身を喉に流し込んだ。

「……っ、げほっ、げほっ！」

勢いよく飲みすぎて、むせてしまう。

「そんなに慌てなくてもいい」

彼はおかしそうに笑いながら、優しく私の背中をさすってくれた。

「全部、君にあげるから」

ほとんど最後まで飲み干して、私はその人を見た。

「……ありがとうございます。助かりました……本当に」

優しげに細められた目が、じっと私を見つめ返してくる。

「もう具合は大丈夫か？」

「あ、はい……」

「ここは日が当たりすぎるから、とりあえずあの木陰に入ろう」

彼が指差したほうには、鮮やかな緑の葉が生い茂る木が立っていた。その下には濃い影が落ちている。涼しそうだ。

私はふらりと身を起こした。すると、

「……あ、」

足にまったく力が入らなくて、ぐらりとバランスを崩してしまった。その私の身体を、彼は「危ないよ」と機敏な動作で抱きとめてくれる。

「す、すいませ……」

「いや。俺のほうこそすまない、気がきかなかった。そうだよな、さっきまで倒れかけていたのに、急に立てるわけがないよな」

その言葉が聞こえた次の瞬間には、私の身体は軽々と抱きかかえられていた。

私は気分の悪さも忘れて、焦りと恥ずかしさで顔が赤らむのを自覚してしまう。

でも、そんな私の動揺に気づく様子もなく、彼はすたすたと歩き出した。抱き上げられた身体が上下に大きく揺れて、ぐらぐらする。

「つかまっていなさい」

と囁かれて、私は何も考えられず、言われるがまま、目の前の首に両腕でしがみついた。

木の根元の日陰にそっと降ろされて、私は「ありがとうございました」と小さく頭を下げた。その動作で、また頭がくらくらする。貧血を起こしたときのように、視界に星が散っていた。

「少し落ち着いたら、涼しいところに連れて行ってあげよう。君、どこの学校の子？」

そう言って彼は私の服装を確認するように視線を走らせた。その途端、驚いたように目を瞠る。彼が見ているのはスカートらしい。正確には、スカートの裾から伸びた脚だ。

「……君、なんだ、その格好は？　それは肌着か？　脚が丸見えじゃないか」

丸見え？　私のスカートは膝より少し上程度の丈で、そんなに短くしているわけではない。だから、驚かれるほどのものではないはずだ。

「モンペはどうした、盗まれでもしたか？」

——モンペ？　なんだっけ。なんか、聞いたことがあるような、ないような。

どう答えればいいか分からず、ぼんやりと見つめ返していると、何をどう勘違いしたのか、彼は気まずそうに目を伏せた。

「いや、言いたくないならいいんだ。ええと、そうだ、まだ名乗っていなかったな。俺は佐久間彰（さくまあきら）という者だ」

私は「さくま、あきら」と聞いた言葉を繰り返す。彼はこくりと頷（うなず）いた。

「よかったら、君の名前も教えてくれないか？」

「あ……加納百合、です」

「ゆり、か。きれいな名前だな」

佐久間さんは、にっこりと笑った。あまりに屈託（くったく）なく笑うので、笑顔が得意ではない私も、つられて笑ってしまった。

「だいぶ良くなったか?」

「はい、楽になりました」

どうしてだろう。ひねくれ者の私のはずなのに、彼と話していると妙に素直な受け答えをしてしまう。まるで自分じゃないみたいだ。

「そうか、よかった。じゃあ、少し移動しようか」

佐久間さんはほっとしたようにそう言って、地面に座り込んでいる私にすっと手を差し伸べた。とても自然な仕草だったから、私も自然に佐久間さんの手をとることができた。

「ゆっくり歩くから、のんびりついておいで」

「はい」

私はセーラー服のスカートを風になびかせながら、明るい陽射しのもとで、命の恩人の大きな背中を追いかけた。

「ツルさん、こんにちは」

佐久間さんは私を連れて、『鶴屋食堂（つるやしょくどう）』という小さな看板の出ている古民家のような建物に入った。

戸口ののれんをくぐって佐久間さんが中に声をかけると、五十歳くらいのおばさんが奥から出てくる。

うわ、この人も変な服、と私は目を丸くした。着物の上に白い割烹着（かっぽうぎ）。昔のドラマに出てくるお母さんの格好だ。

見回してみると、店の中も質素というか、ひどく古びている印象だ。

呆然としながら観察していると、佐久間さんが私の背中を押した。

「この子、百合というそうなんですが、そこの通りで暑さにやられて倒れていたんです。少し休ませてあげてもらえませんか」

「あら、大丈夫かい？」

ツルさん、と呼ばれた割烹着のおばさんは、慌てた様子で私に駆け寄ってきた。

「この暑さだもんねえ、まったく参っちゃうよねえ」

そう言いながら私を座敷に座らせ、湯呑(ゆの)みに入った水を出してくれた。

私はぺこりと頭を下げて受け取る。ありがたい、と思って口をつけたものの、予想外のぬるさに一瞬動きが止まってしまった。

室温とほとんど変わらない、生ぬるい水。なんで氷を入れてくれないんだろう、と思ってしまう。でも、助けてもらった立場で文句なんて言えない。私は黙って飲み干した。

そういえば、さっきは具合が悪すぎてあまり気にならなかったけれど、佐久間さんがくれた水筒の水も、今思えばかなりぬるかった。

それにしても、食堂だというのに、暑い。直射日光が当たらない分、外よりはマシだけれど、むっとした熱気がこもっている。

クーラーつけないのかな、と思って首を巡らせると、天井にも壁にもエアコンらしきものは設置されていなかった。嘘、と口には出さずに驚く。今どき、エアコンがない店なんて、信じられない。

せめて扇風機、と視線を走らせる。私が腰かけている座敷の隅っこに一台の扇風機を見つけた。ずいぶん年季の入った、古くさい形。なぜか羽根は金属製だ。それに、埃（ほこり）をかぶっているように見える。

「ああ、扇風機？」

ツルさんが私の視線に気づいたのか、眉を上げて声をかけてきた。

「ごめんねえ、暑いよね。でも、あの扇風機、ずいぶん前に壊れちゃってね。今はもう使えないんだよ、ごめんねえ」

「あ、いえ、そんな」

「これで我慢してちょうだいね」

私が顔の前で手を振っていると、ツルさんはやけにレトロな絵柄のうちわを持ってきてくれた。

「俺があおいでやろう」

佐久間さんがツルさんからうちわを受け取り、ぱたぱたとあおいでくれる。

「えっ、ありがとうございます……」

ふんわりと柔らかい風が、火照った頬や首をゆっくりと冷ましてくれた。

「まったくねえ、家庭用の扇風機が作られなくなって、もう何年だっけね」

ツルさんが世間話のような調子で何気なくそう言った。私はツルさんからもらったおしぼりで顔を拭きながら、ふと変に思う。

家庭用の扇風機が作られなくなった？　いつの間に？　そういえば、うちも十年以上前の扇風機を使っているけれど、もしかして、最近はどこの家もエアコンばっかりで、扇風機なんてなかなか売れないから、製造中止になったとか？

怪訝に思っている私をよそに、佐久間さんはツルさんの言葉に大きく頷いている。

「たしか、もう三、四年になるでしょう」

「そんなになるかねえ。うちの扇風機が壊れたときには、新しいのはもう手に入らなかったんだよ。お客さんに暑い思いをさせるのは忍びないんだけどねえ」

「今は何事も軍需生産（ぐんじゅせいさん）優先ですからね、仕方ありません」

グンジュセイサン？　耳慣れない言葉を口にした佐久間さんにちらりと視線を送る。佐久間さんはにっこりと笑い、私とツルさんを交互に見た。

「でも、心配することはありません。しばらくしたら、この戦争も終わりますよ」

安心させるような口調。でも、その内容がうまく頭に入ってこない。

センソウ？　戦争、と聞こえた気がした。聞き間違だろうか。

混乱した頭で考える。日本は今、戦争をしているのだろうか。

いや、そんなはずはない。そんな話は聞いたことがない。ありえない。

でも、そういえば私は新聞も読まないし、テレビニュースもほとんど見ない。お母さんとも最近はまともに話さないし、学校で世間話をするような友達もいない。だから、たとえ戦争が始まっていたとしても、もしかしたら知る機会がないかもしれない。

そんなことを思いながら、呆然と話を聞いていると。

「俺たちが必ずや敵国に痛手を負わせて、戦争を終わらせてみせます。俺は、出撃したら、絶対に敵軍の中枢に突撃します。そのために特攻隊に入隊したんですから」

敵軍、突撃、特攻隊。

なんだろう、この現実味のない言葉の連続。教科書の中の世界みたいだ。

戸惑いを隠しきれない私は、決意に満ちた表情で語る佐久間さんから、ツルさんへと視線を移す。

「佐久間さんなら、必ずやり遂げるだろうねえ」

ツルさんは微笑みながら頷いた。

「もちろんです。天皇陛下の御為に、大日本帝国のために、国民のために、俺は絶対に敵艦を撃沈してみせます。そのために訓練に邁進して、操縦の腕を磨いて来たんです」

佐久間さんははっきりとした口調で、ひと言ひと言を確かめるようにゆっくりと語った。

さっきから何を言っているのだろう。

特攻。昨日の授業で、そしてテレビのニュースでやっていた。爆弾と片道分の燃料だけを積んで、『決して戻っては来ない』前提で出撃する。つまり、自爆だ。絶対に死ぬという攻撃方法だ。それを、こんなに当たり前のように語るなんて、意味が分からない。

というか、ここは、どこなんだろう？　なんなんだろう、ここは。私が知っている世界だとは思えない。

そのとき、ふと、横のテーブルに載せられている新聞が目に入った。見慣れない難しい漢字がぎっしりと並んだ、不思議な紙面。

思わず手を伸ばして、日付を確認する。

『昭和二十年六月十日』

……え？　どういうこと？

昭和二十年、一九四五年。たしか、――終戦の年だ。

ということは。

ちょっと待って。今、ここは、一九四五年なの？　どういうこと？

頭の中をたくさんの疑問符が飛び交う。私は混乱したまま自問自答を繰り返した。

もしかして私、今、昔の世界にいるの？　私が生きている時代の七十年前の世界に？　まさか、タイムスリップってやつ？

嘘だ……信じられない。そんなことってありうる？

私はパニックに陥りながら、事態を整理しようと試みる。

常識的に考えて、タイムスリップなんて、フィクションの、ファンタジーの世界の話だ。現実にありうるはずがない。

でも、そう考えたら、今日の朝目覚めてから今までの間に感じていた不審な部分が、全て納得できる。古びた木造の平屋ばかりの家並み。木の電信柱。佐久間さんやツルさんの不可思議な服装。冷えていない水。エアコンもない家。信じられないけれど、たぶん、私は、七十年前の日本に、タイムスリップしてしまったのだ。

それが分かった瞬間、私の目の前は真っ暗になった。

「……おい、君！」

「あんた、大丈夫かい⁉」

心配そうに肩に触れる佐久間さんの大きな手と、私を覗き込んでくるツルさんの気配を感じながら、私は意識を失った。

「ああ、目が覚めたかい？」

ひやりと冷たいものを額に感じて瞼(まぶた)を上げると、ツルさんの微笑みが私を包んだ。倒れてしまったのだと気づいて、私はがばっと身を起こす。

「ああ、だめだよ、そんなに急に動いたら……」

ツルさんは私を再び寝かせて、冷たい水に浸した布で顔を拭いてくれた。

「井戸で汲んできたばかりの水だから、冷たくて気持ちいいだろ」

「あ、すみません、わざわざ……」

お礼を言いつつも、やっぱり戸惑ってしまう。井戸って。やっぱりここは、昔の日本なんだ。再び愕然として、私は目を瞑った。

「ねえ、あんた、百合ちゃんだっけ?」

「はい……」

「百合ちゃん、家はどこだい?　このあたりじゃ見ない顔だけど」

当然だ。私の家が、こんなところにあるわけがない。

私には、帰るところがない。それに気がついて、勝手に涙が滲んできた。

「あらあら、どうしたの。もしかして……おうち、なくなっちゃったのかい?」

ツルさんがゆっくりと背中を撫でてくれる。その優しさに、とうとう涙がぽろりとこぼれた。

「そうかい……こないだの隣町の空襲だね、きっと。かわいそうにねえ……」

ツルさんがふうっと息を吐いた。

「私もね、あのとき、身内を亡くしたんだよ……。まあ、この店だけでも助かったからね、それだけでも、生き甲斐が残ってくれて良かった。不幸中の幸いってもんだよ」

——空襲？　そんなの、本当にあるんだ。

そしてツルさんは、空襲で家族を失ったんだ。

なんて世界に私は来ちゃったんだろう。

いやだ、こんなの。帰りたい。帰りたい。うちに帰りたい……。

「……すみません、ご迷惑おかけしました。ありがとうございました」

私はツルさんに頭を下げて、返事も聞かないままに鶴屋食堂を飛び出した。

来た道の記憶を辿って、なんとか防空壕に辿り着いた。

勢いよく板戸を開けて中に飛び込む。

でも、何も起こらない。元の世界に戻れない。

「やだ……帰りたい。帰りたい、帰して！」

泣きわめきながら、狭い壕の中を這い回り、壁を叩いて、地面を蹴って、どこかに別の出口がないか探した。でも。

「……なんで？」

変化は何ひとつ起こらなかった。私は砂利の上にへなへなと座り込んだ。

――そうだ。ここに来たときは、眠って目が覚めたらこの世界にいたんだ。ということは、同じように壕の中で眠れば、起きたときには現代に戻っているはず。

私は泣きながら地面に横たわった。

いやだ、いやだ、いやだ。こんなところはいやだ、という思いだけが、私の心を支配していた。

混乱のあまり眠れそうにもなかったけれど、泣きじゃくっているうちに、疲れていたせいか、いつの間にか眠りについていた。

でも、目覚めても、やっぱり私は一九四五年の日本にいた。

また大泣きして、泣いて泣いて、もう一度眠った。

そうして起きたときにも、やっぱり元のままだった。

「……喉、渇いた。お腹すいた……」

私はよろよろと立ち上がり、外に出た。

何時なのか、何日経ったのか、まったく分からない。

「……もう、帰れないのかな……」

ぽつりとこぼした呟きは、晴れすぎた青空に吸い込まれるように消えていった。

涙はすでに涸れてしまって、視界は滲みすらしない。

唐突に、鞄をツルさんのところに置いたままだったことを思い出した。とにかく取りに行かないと、と思い、ふらふらとした足どりで、私は鶴屋食堂に向かった。

「あら、百合ちゃん!!」

のれんをくぐると、ツルさんが慌てて駆け寄って来た。

「どこ行ってたの、心配したんだよ！」

「え……心配？」

見ず知らずの私を？　素直には信じられなくて、私はツルさんの顔をじっと見つめた。

そんな私には構わず、ツルさんは「さ、入って入って」と店の奥に連れ込む。

「あれまあ、こんなに汚れちまって……いったいどこで寝てたんだい？　とりあえず汚れを落とさなきゃ」

そう言ってツルさんが私を連れて行ったのは、裏庭だった。真ん中に大きなたらいが置いてある。

ツルさんはそのたらいに水を張り、「さ、水浴びしなさい」と言った。

「え……こ、ここで？　水で？」

「あら、あんたんちはこうじゃなかったかい？　大丈夫だよ、夏だからね」

「でも、ここ、庭……」

「ああ、人目を気にしてるの？　塀があるから大丈夫だよ」

ツルさんはあっけらかんと言って、「さあ、その汚れた服を脱いで」と催促した。

「むっ、無理無理、ごめんなさい無理です！　そんな、外で裸になるなんて！」

私が必死で首を横に振ると、ツルさんがきょとんとした顔をした。

「あら、百合ちゃん、庭で水浴びしたことないの？」

「なっ、ないです、ないです！」

「あれまあ、良いおうちの子なんだねえ。それなら、こっちに来なさい」

ツルさんが次に私を導いたのは、台所らしき場所だった。

土間の端に大きな土の塊みたいなもの——たぶん『かまど』とかいうものがあって、上面に空いたふたつの穴に鍋と釜がすっぽりとはまっている。下の穴には細い薪が数本だけ、ひっそりと差し込んであった。

「ここなら誰にも見られないし、水を使っても安心だよ」

「お、お風呂場、ないんですか……」

「あら、このへんはみんな銭湯に行くんだよ。家の風呂場なんて贅沢もんさ。ただ、最近は銭湯もねえ、燃料の木炭やら薪やらが手に入らなくなってるからね、営業してない日も多いんだよ。だから、湯に浸かれるのは四、五日にいっぺんってとこだね」

……うそ。本当に？　私は愕然とした。

お風呂に毎日入れないなんて、考えただけでぞっとする。しかも、こんな暑い時期に。

私がショックを受けている間にも、ツルさんはてきぱきと動く。さっき庭に置いてあったものよりひとまわり小さいたらいを持ってきて土間に置き、杓子で汲んだ水を張ってくれた。

「着替え、持ってくるからね」

と言って台所を去っていく。

とりあえず、汗を流すだけでも、と私は砂埃まみれになったセーラー服を脱ぎ、落ち着かない気分で裸になった。

たらいの水の中に手拭いを浸し、ぎゅっと絞って身体を拭く。

「うう、つめたい……」

いくら夏とはいえ、水浴びはさすがに寒かった。

でも、仕方がないか。水浴びできるだけでも幸せなんだと思わないと。

ひんやりとした水に髪を浸して洗っていると、「着替え、ここに置いとくよ」と戸口からツルさんが顔を覗かせた。

素っ裸を見られて、私は恥ずかしさに全身をびくりと硬くする。それを見てツルさんがぷっと噴き出した。

「あれまあ、女同士なのに、何を恥ずかしがってるの」

「いえ、だって……」

「それにしても百合ちゃん、ずいぶん痩せてるねえ」

ツルさんはずいっと近づいてきて、私の裸の二の腕をつかんだ。

「ほら、私の手首よりも細いよ。お風呂がついてるような家なんだから、食べ物に困ってたわけじゃないんだろ？　もっと栄養あるもん食べて、ちゃんと肉つけないと。いくら贅沢は敵って言っても、身体を壊しちゃ元も子もないんだから。お風呂あがったら、店のほうに来なさい。ご飯作ってあげるから」

私が口を挟む隙もなく、ツルさんは一気に言ってぱたぱたと出て行った。

全身を拭き終えて、ツルさんが用意してくれた服に着替える。丁寧に畳まれていた服を広げてみて「うわ、モンペ」と呟いてしまった。うちの中学のイモジャージより百倍ださい。

しかも、上は着物だ。着方がよく分からない。仕方がないのでとりあえず適当に身につけて、店のほうに行く。

「あら、百合ちゃん！　襟が反対だよ」

「あ、やっぱり……」

服の着方さえ知らない私を、ツルさんは怪訝な顔で見ている。

「そういえばあんた、セーラー服にスカートだったもんねえ。今どきあんな格好してるなんて、びっくりしたよ。今はどこもモンペになったってのにね」

「いえ、ははは……」

私は慣れないごまかし笑いを浮かべた。

「ほら、食べなさい」

ツルさんが食卓に出してくれたのは、湯気の立ち昇る味噌汁、大量のたくあん、さつまいもの煮物、小さな魚の佃煮。そして、妙に茶色っぽいご飯。

いろいろと気になるところはあったけれど、ずっと何も食べていない私のお腹は、目の前の食事を見た瞬間に盛大な音を立てた。

「す、すみません……」

顔が真っ赤になっているのを自覚しながら呟くと、ツルさんは明るい笑い声をあげた。

「ほらほら、冷める前に食べなさい。たいした物じゃないけどね、味にはけっこう自信があるんだよ。なんせ、ここは食堂だからね」

「……いただきます」

こんなにも真剣な、純粋な感謝の気持ちでこの言葉を口に出したのは、たぶん生まれて初めてだと思う。

最初に味噌汁を飲んだ。味は薄めだけれど、野菜の味がしっかりと染み出した、ものすごく心温まる味だった。

「おいしい……」

佃煮(つくだに)も芋煮も、ほんのりと甘辛くてじんわり心に染みる。

見慣れない色のご飯をじっと見ていると、ツルさんが、

「それ、麦ご飯だよ。食べたことないかい？」

「あ、はい、ないです……」

「あれまぁ、本当にお嬢さんだねぇ。白米は高くて、たくさんは手に入らないから、麦やら粟やらを混ぜて炊くのさ」

麦ご飯は、食べ慣れた白米とは違う風味と歯ごたえがあって、おいしかった。お腹を膨らませるためなのか、皿にいっぱいに盛ってあるたくあんも、素朴で最高の味付けだった。

「ごちそうさまでした」

箸を揃えてツルさんに頭を下げると、ツルさんは「どういたしまして」と笑った。ツルさんの笑顔は、なんだかほっとする。

「ところでさ、百合ちゃん」

「はい」

「あんた、行くとこないなら、ここで働かないかい？」

「……え？」

私はぽかんとしてツルさんを見た。

「この店の近くに陸軍の飛行場があってね。今は重要な作戦の基地になってて、たくさんの兵隊さんが配属されてるんだ。その人たちがよく食べに来てくれるんだけど、どうも忙しくって手が回らないことが多いんだよ。だから、百合ちゃんが手伝ってくれると嬉しいんだけど。あ、もちろん住み込みでね」

いくら私でも、ツルさんの気づかいに気がついた。

私が帰る家を失くしてしまったと思って、ここに住ませてあげる、と言いたいのだ。でも、そういう言い方だと私が遠慮すると思ったから、わざと「手伝って」と言ってくれたのだ。

私はじわじわと心が温まるのを感じた。色褪せてすりきれたモンペの膝をぎゅっと握りしめて、ツルさんに頭を下げる。

「……よろしくお願いします」

「そうかい、よかった。助かるよ」

なんて優しい人だろう。どこの誰かも分からない、役に立つかも分からない私を引き取ってくれるなんて。

この人がいなければ、きっと私はこの見知らぬ世界で路頭に迷い、数日のうちに命を失ったことだろう。

そこまで考えて、急に、いちばん初めに私を助けてくれた男の人——佐久間さんのことを思い出した。私の命の恩人だ。

また会えるかな。そしたら、ちゃんとお礼を言おう。

百合の咲く丘

ツルさんの店に住み込みで働き出して、数日が過ぎた。

この時代に来たばかりの頃の混乱が少しずつおさまって、気持ちが落ち着きはじめると、周りを観察する気持ちの余裕も出てきた。

見ていると、この店の普段のお客さんは、少し離れたところにある大きな会社の支社や製鉄工場で働いている人たちがほとんどだった。昼休憩の時間に食事をしに来るのだ。

近所の家の人たちが来ることはめったになかった。外食をするような金銭的な余裕も精神的な余裕もないらしい。だから、店にやって来るのは比較的裕福で安定した収入のある人ばかりだ。

この時代はとにかく米が入手困難で、この店でも基本的に、食堂だというのに白ご飯は出せない。代わりに、うどんとか、さつまいもを茹でたものとか、じゃがいもに塩をかけたものとか、トウモロコシとか、大豆粉のパンみたいなものとかが主食になっている。

もちろん、おかずも貧相だ。大根や人参の煮物。身の痩せた白身魚を揚げたもの。青菜を茹でて、『代用醤油』と呼ばれる謎の調味料をかけたもの（怖いから原料は聞いていない）。あとは漬物、それくらいだ。大根の葉っぱとさつまいもの蔓でカサ増しした、お米がほんの少しだけ入った雑炊もある。

まさに粗食、という感じだ。こんなものしか食べられないのに力が出るわけがない。

ああ、白くて甘いお米が食べたい、お肉が食べたい、卵が食べたい、アイスクリームが食べたい……なんてことを思いながら、家に置いてくれるツルさんに見捨てられないよう、私は毎日必死に働いた。

朝早く起きて、町内にある共同井戸まで水を汲みに行き、なみなみと水が入った重い桶を両手に持って戻る。

そのあと、氷屋さんに氷を買いに行く。店で使う魚などを置いておく『氷冷蔵庫』に入れるためだ。冷蔵庫というか、ただのクーラーボックスみたいなものだけれど。木製の箱に氷を入れて、それを保冷剤代わりにして、傷みやすい食べ物を保管しておくのだ。

つくづく、現代の冷蔵庫って便利なんだな、と思う。それに、掃除機も洗濯機も。この世界では、掃除といえばほうきとちりとりと雑巾、洗濯はたらいと洗濯板。ちょっとした家事も大仕事だ。体力を消耗して仕方がない。

ツルさんの家事の手伝いが終わったら、次は店の手伝いだ。お客さんから注文をとって、ツルさんが作った料理を席に運ぶだけなので、大変というほどでもなかった。ただ、慣れない世界で少しでも迷惑をかけないようにすること、うまく立ち回ることに精一杯で、閉店する頃にはどっと身体が重くなった。

とはいえ、居候の身でだらだらするわけにもいかない。だから、「もう休んでいいよ」というツルさんの言葉を振り切って閉店後も家事の手伝いなどをしていると、足が棒になりそうなくらい疲れ切って、夜には気絶するように眠りにつく日々だった。

「ほい百合ちゃん、これよろしくね」

「あ、はあい」

疲れてぼんやり窓の外を見ていたときに後ろから呼ばれて、私は慌てて台所に戻る。たくあんが盛られた皿を運んでいるとき、入り口ののれんがふわりと動いた。

「いらっしゃいませ──あ」

「こんにちは。ああ、君は」

数人の若い男の人たちと一緒に入ってきたのは、最初に私を助けてくれた佐久間さんだった。

「ええと……ご無沙汰してます。この前はありがとうございました」

お盆を持ったまま頭を下げると、佐久間さんが大きな手のひらをぽん、と私の頭にのせた。

「よかったなあ、元気になって。店の仕事を手伝っているのか？」

「はい、住み込みで」

「そうか、それは良かったね。この間は、用事があって基地にいったん戻ったら、そのあとに君が急にいなくなったと聞いて、心配したんだよ」

そう言われて、あの日のことを思い出した。タイムスリップしたらしいと気づいて、一瞬、気を失って。目が覚めたときには佐久間さんはいなくなっていて、私はツルさんへのお礼もそこそこに、元の時代に戻ろうと防空壕に向かったのだ。

「あのときはね、これを取りに戻っていたんだ」

佐久間さんはそう言って、軍服のポケットの中から何かを取り出した。

「手を出して」

お盆を脇に置き、言われるがままに両手を前に出すと、その上にぽろりと小さなものが置かれた。見ると、消しゴムほどの大きさの、白い紙に包まれた四角い物体だ。

「軍粮精（ぐんろうせい）だよ」

佐久間さんがにっこりと笑った。

「え？　グンローセー？」

「ああそうか、軍用語は分からないか。……キャラメル、のことだよ」

佐久間さんは声を落として教えてくれた。

「えっ、キャラメル？」

思わず声をあげると、「しっ」と佐久間さんが人差し指を唇に当てた。私は慌てて口を閉ざす。うっかりしていた。ここではむやみに『敵国語』を口に出してはいけないのだ。

それにしても、まさかこの時代にキャラメルがあるなんて。私が驚きのままに手のひらの上の包みを見ていると、佐久間さんが微笑みながら言った。

「それは君にあげよう。最近はキャラメルも軍用しかないからね。君は滋養をつけたほうがいい、少し体力がなさすぎるようだから」

「え……いいんですか、こんなものもらっちゃって」

「本当はね、あの日、これを君にあげようと思い立って、君が倒れてから慌てて兵舎に帰ったんだ。でも、食堂に戻ってきたら君が姿を消したというから、驚いたよ。遅くなってしまったが、ちゃんと渡せてよかった」

佐久間さんは私の手にキャラメルを三粒握らせた。つまり、このキャラメルは軍で支給されているものということだろうか。それを私にくれるために、わざわざ兵舎に戻ってくれた？

「……ありがとうございます」

思わぬ気づかいに胸を打たれて、私は頭を下げてお礼を言った。

そのとき、佐久間さんと一緒に入ってきた軍服の男の人たちが私をまじまじと見ているのに気がついた。佐久間さんと同じ基地に配備されている兵隊さんたちだろう。

「可愛(かわい)らしい子だな。ツルさん、いつ看板娘を雇ったんですか？」

「佐久間め、いつの間に知り合いになったんだ？　抜け駆けするなよ！」

「お嬢さんお嬢さん、俺はチョコレートをあげよう」

「ビスケットもあるぞ」

大きな身体の男の人たちに囲まれて、私の手のひらにはお菓子が山積みになった。

「こら、お前たち、そんなにがっつくなよ。百合が驚いてるじゃないか」

佐久間さんが苦笑しながら言うと、彼らは「すまんすまん」と笑って食卓に座った。そのあとも軍服の人たちがぞろぞろと店の中に入ってきて、私は質問責めにあった。

「百合ちゃんというのか。いくつ？」

「十四です」

「若いなあ。どこの学校？」

「あ、ええと……」

どう答えようかと少し困っていると、佐久間さんが「ほら、早く注文しよう」と助け船を出してくれた。ほっとして注文を聞き、私はツルさんのところに伝えに戻った。

「百合ちゃん、大人気だねえ」

「いや、そんな」

「いい看板娘ができたよ」

ツルさんは楽しそうだった。

私は少し離れたところで、兵隊さんたちを観察する。彼らはこの近くの基地に配属されている軍人たちらしい。

軍人と聞くとおじさんだと思ってしまうけれど、よく見てみると、ほとんどが十代か二十代前半に見える若い男の人だ。ツルさんの話だと、彼らは訓練のあとや休日のたびに、この食堂に集まって来るのだという。

「ああ、うまい！」

「ツルさんの料理は本当にうまい」

「おふくろの味だ」

「ツルさんは俺らの第二の母だね」

おいしそうな顔で勢いよく口の中に食べ物をかきこむ彼らを、ツルさんはにこにこしながら見つめている。食事を終えても彼らは店を出ず、ツルさんを交えて談笑をはじめた。

疲れを感じた私は、店の片隅の椅子に腰かけて、その様子をぼんやり眺める。するとそれに気づいた佐久間さんがひとり席を立ち、私の前にやって来た。

「百合、なんだか元気がないな」

「えっ」

「顔色も優れないようだが、まだ体調が悪いのか？」

私はふるふると首を横に振る。佐久間さんは確かめるように私の顔を覗き込み、にこりと笑った。

「もう食事時は過ぎたし、しばらく客は来ないだろう。少し外に出ないか？」

佐久間さんはそう言って、有無を言わせず、私を外に連れ出した。のれんをくぐるときにちらりとツルさんを振り返ると、「行ってらっしゃい」と言うように手を振ってくれた。

外にはたくさんの人が歩いていた。みんな、着物やモンペ、薄汚れてよれよれになったシャツなどを着ている。道の両側には、今にも崩れて倒れてしまいそうな、ぼろぼろの木造住宅。この光景を見るたびに、私は自分のいた世界とは違うところに来てしまったんだと実感して、やるせない気持ちになる。

小さく洩れてしまったため息が聞こえたのか、佐久間さんが首を傾げて私の顔をじっと覗き込んできた。でも、何も言わずに歩きつづける。

いったいどこに向かっているんだろう？　怪訝に思いはじめた頃、私たちは、ひと気のないあたりにやって来た。

夏の濃い緑が周囲を覆っている。森の小道のようなところを歩いていくと、涼しく感じて心地よかった。少し上り坂になっている。どうやら、丘のようになっているらしい。

前を行く佐久間さんが振り向いて、ゆったりと微笑んだ。

「百合、大丈夫か？」

「あ、はい」

「もうすぐ着くよ」

坂が緩やかになってきた。両側にそびえていた樹木が少なくなって、視界が開けてくる。

ふと見上げると、鮮やかな緑の梢（こずえ）の向こうに、真っ青な空が広がっていた。

久しぶりに空を見たような気がした。

「百合、おいで」

呼ばれて視線を戻すと、数歩先で佐久間さんが手招きをしている。小走りに駆けていくと、

「見てごらん」

と佐久間さんが両手を広げた。

その右手が指し示すほうを見て、

「――うわあ！」

思わず叫んでしまった。

丘の上の岩場を埋め尽くすような、無数の百合の花。

真っ白な花びらが日光を反射して、目映(まばゆ)いくらいに輝いていた。

「すごい……！　こんなの初めて見た！」

百合の花といえば、花屋さんの店頭にあるものか、花束に入っているものしか見たことがなかった。自然の中に咲いている百合を見ること自体、初めてだった。

しかも、こんなにたくさん群生しているなんて。

むせ返るほどに甘くて濃い花の香りが、あたり一面に充満している。

もっと近くで見たくて、私は百合の花に駆け寄った。

なめらかな艶のある上品な花びら。流れるような筋が入ったきれいな緑の葉。まっすぐに空へ向かって伸びる茎。

「すごい、きれい……」

うっとりしながら花を眺めていると、すぐ後ろでくすりと笑う声がした。

「気に入ってくれたか?」

もしかして、私の元気がないのを心配して、元気づけるために連れてきてくれたのかな。そう考えながら振り向くと、佐久間さんの微笑みが、間近で私を見つめていた。

「やっと君の笑顔を見られたな。喜んでもらえて嬉しい、連れてきた甲斐があったよ」

今にも触れ合いそうなほどの近さにどきりとして、私は思わず少し後ずさった。

それに気づいて、佐久間さんが気まずそうに笑う。

「ああ、ごめん、近かったかな。君と同じ年頃の妹がいるものだから、なんだか他人とは思えなくてね」

「……妹さん？」

「ああ。でも、もう何年も顔を見ていない。あの子は地元で家族と一緒に暮らしているんだ」

そこまで言って、佐久間さんは「座って少し話そうか」と小さく笑った。私は頷き、百合の花に囲まれた野原の空き地に並んでしゃがみ込む。

ちらりと隣を見上げると、明るい陽射しに照らされた佐久間さんの顔がある。にこやかな表情を浮かべて空を見上げるその顔は、改めて見ると、とても端正に整っていた。

形のいい眉がきりっと上がっていて、目はきれいな二重。鼻筋がすうっと通っていて、薄い唇は穏やかに微笑んでいる。ほどよく日に灼けた肌はきめが細かくて、吹き出物のひとつもない。広い肩や厚い胸、ほっそりとしているけれど逞しくて硬そうな腕は、中学校の同級生の男子たちとは全然違う。

佐久間さんは大人の男の人なんだ、と唐突に思って、なんだか急に落ち着かなくなってきた。暑さで倒れたあの日、この腕に抱かれて助けられたのだと思うと、直視できない。さらに言うと、何日もお風呂に入っていない自分の身体が気になって仕方がなくなってきた。

ああ、やっぱり、お風呂くらい入りたい。私だっていちおう、年頃の乙女なんだから。

「百合？　どうかしたか？」

突然、佐久間さんが視線をこちらに向けてきたので、私はどきっとして肩を震わせた。

「いや、ええと、あの」

戸惑いのあまり、しどろもどろになってしまう。そして、自分でもびっくりするようなことを言ってしまった。

「さ、佐久間さんて、かっこいいですね」

佐久間さんが、「え？」と目を丸くした。

その表情を見た途端、はっと我に返って、気恥ずかしさに顔を俯ける。なんてこと言っちゃったんだろう、と後悔した。すると、隣でくすりと笑いが洩れた。そろりと目を上げると、佐久間さんがおかしそうに口許を押さえている。

「そうかな？　自分ではそうは思わないが、ありがとう。それにしても君はずいぶん直接的な物言いをするんだね。面白い子だなあ」

「……すみません」

思わず謝ると、佐久間さんは「褒(ほ)めてくれたんだから、謝らなくていいよ」と明るく笑った。

それから佐久間さんは、静かな口調で自分の話をしてくれた。私は百合の花の中に座り込んで膝を抱え、黙って話を聞いていた。

佐久間さんの地元は、冬になると雪に埋もれてしまう北国。家族は、お父さん、お母さん、そして年の離れた弟と妹。佐久間さんは大学進学のために実家を出て、東京に住んでいたらしい。

そこに赤紙——召集令状（しょうしゅうれいじょう）が来て、関東の基地で飛行訓練を受けてから、この土地にある基地へ配属されたのだという。

「佐久間さんて、大学生なの？」

ふと気になって訊（たず）ねると、佐久間さんが「そうだよ」と頷いた。

「何歳？」

「今年で二十だ」

それを聞いて、驚いてしまう。現代の二十歳の人たちに比べて、佐久間さんはずいぶん落ち着いていて大人っぽく見えた。現代の大学生といえば、テレビで見る、仲間同士でお酒を飲んではしゃいでいる姿とか、成人式で大騒ぎをしている姿しか知らないからかもしれないけれど。

「佐久間さんの妹は、年はいくつ？」

「今年で十四だな」

「じゃあ、私と一緒だ。佐久間さんとは六つ……」

「……ちょっと、いいか」

佐久間さんが話を止めるように片手を挙げたので、私は怪訝に思って口を噤(つぐ)んだ。

「その、佐久間さん、という呼び方、どうにも変な感じがするな」

「え？」

「妹と同い年の君から、そんな呼び方をされると、くすぐったいよ」

佐久間さんはなぜだか苦笑いを浮かべていた。

「……じゃあ、なんて呼べば」

「そうだな、下の名前でいいよ」

「下の名前って？」

「彰」

「あきらさん」

「それもなかなか妙な感じがするな。呼び捨てで構わない」

「呼び捨て？　じゃあ、あきら？」

私が小さく反芻（はんすう）すると、佐久間さん――彰はにこっと笑った。

「妹は男勝りでね、兄のことも呼び捨てにするんだ。懐かしいなぁ……」

あきら、と下の名前で呼べることは、距離が縮まったような気がしてなんだか嬉しかった。でも、妹さんと重ね合わせられることは、少し複雑な気がした。


　百合の咲く丘からの帰り道の途中で、私と同じ年頃の女の子たちの集団とすれ違った。みんな一様におかっぱ頭かおさげ髪、それにモンペという、いかにも戦時中という格好をしていたけれど、楽しげに笑い合いながら並んで歩く姿は、現代の女子中高生と変わらないな、という印象だった。

「あのときはおかしかったわね。田中先生が……」

「そうそう、板書をなさっているときに……」

そんな会話が聞こえてきた。

久しぶりに『先生』だとか『板書』だとかいう単語を聞いて、思わず、

「うわあ、学校、懐かしいな……」

と呟いてしまった。彰がそれを聞きつけて、「そうだよな」と同意する。

「君の学校も学徒動員されたのかい？」

と訊ねられて、私はぽかんとした。

「ガクトドーイン？　なんだっけ、それ」

首を傾げながら言うと、彰が「えっ」と大きく目を瞠った。

「百合は学徒動員を知らないのか？　いったいどんなところにいたんだ？」

「いや、あはは……」

ごまかし笑いをする私を少し怪訝そうに見てから、彰が教えてくれた。

学徒動員というのは、簡単にいうと、学生や生徒が軍需産業や食料増産のために動員されるということらしい。働き盛りの男たちが兵士として召集され、戦地に出征することで、働き手がいなくなってしまう。その労働力の不足を補うために、学校に通っていた生徒たちが工場などに行って労働するのだ。

はじめは一時的、断続的だった学徒動員も、最近の戦争激化のせいで継続的なものになって、授業は完全に停止、あの子たちも毎日ずっと工場で働いているのだという。

「俺の妹も、少し前に寄越してきた手紙で、『学校に行って勉強したい』と書いていたよ。あの子たちもきっと同じだろうな……」

彰は遠い目をして言った。

「百合も、学校に戻って勉強したいと思うか?」

そう訊ねられて、少し考え込む。

私は、学校なんて、授業なんて、大嫌いだった。朝早く起きて登校するのも、眠気と格闘しながら授業を受けるのも、集団行動をさせられるのも、夕方まで学校に縛られてじっと椅子に座っていなくてはならないことも。

でも、今となっては、懐かしい。だって、私が今いるこの世界では、あの頃よりもずっと早起きをしないといけない。授業中に眠くなるのって幸せなことだったんだな、と思う。つまり、仕事がないから眠くなれるんだ。一日中椅子に座っているだけで良かったのも、本当に気楽だった。

私も、あの女子学生たちも、朝から晩まで食堂や軍事工場で働きづめで、休憩の時間くらいしか椅子に座ることはできないのだ。

「うん……そうだね」

私は素直に頷いた。

「普通に学校行って、普通に授業受けて、普通に友達とおしゃべりして。そういうの、失ってはじめて、すごくかけがえのない、ありがたいものだったんだって思う」

俯いて薄汚れた靴の爪先を見つめながら、小さく呟くように言うと、彰がぽんぽん、と頭を撫でてくれた。

「……すぐに戻れるよ」

彰の言葉の意味がすぐには分からなくて、私は目を上げた。

彰は決然とした表情でまっすぐに前を向いている。

「日本軍がアメリカに勝てば、全て元通りになる。みんな、百合も俺の妹も、昔のように学校に通えるようになる。……俺たちが通えるようにしてみせるよ。この命を懸けて」

それを聞いたとき、彰が以前、『特攻』という言葉を口にしたのを思い出した。

彰は、特攻をするつもりなんだろうか。自爆テロみたいに、爆弾を積んだ飛行機で、自分の身体ごと敵に突っ込んでいくつもりなんだろうか。

何それ。意味が分からない。

「……馬鹿じゃない？　なんでそんなことしなきゃいけないの？　そんなことになるくらいなら、戦争なんか、初めからやらなければよかったんだよ」

気がついたときには、私はそう言っていた。

言ってから、彰の気分を害してしまったかな、と思って、その顔色を窺う。でも彰は、一瞬目を見開いたあと、少し苦い笑いを浮かべただけだった。

「……たしかに、そうかもしれないな」と彰が悲しそうな声で語る。

「戦争なんて、やらなければよかったんだ。たくさんの命を失って、たくさんの人を苦しめて、たくさんの人の自由を奪って……」

彰も、誰か知り合いを戦争のせいで失ったりしたのだろうか。

「……でも、始まってしまったからには、勝たなくてはならない。敗けてしまったら、これまで以上に日本は悲惨な状況になるだろう。戦勝国に占領されて、何もかもを奪われて、兵士たちは捕虜となり、一般市民も奴隷のような扱いを受けてしまうんだよ。俺の家族も、百合やツルさんも……。そんなことは、考えただけでも恐ろしくて仕方がない。だから、そうならないためにも、俺たちは、日本軍は、なんとしてでも勝たなくてはならないんだよ」

静かな口調で語る彰の言葉には、一点の曇りもなかった。ただ、強くて、まっすぐで、純粋だった。誰かに言わされているとか、刷り込まれているとか、そんな感じはまったくしなくて。自分の頭でじっくりと考えて、答えを出したことなのだ、と伝わってきた。

だからこそ、私はなんだか、切ないくらいに……腹立たしかった。

自分でも驚くくらいに低い声で、彰に向かって言う。

「……何それ、ぜんぜん分からない。ほかの誰かを救うためなら、誰かが死んでも構わないの？　誰かを救うためなら、自分の命を失ってもいいの？　そんなの、おかしいよ」

一気に言うと、彰は困ったように眉を下げた。

「……君の言うことも、理解できるよ。でもね、今はもう、そうでもしなければ、この国を救えないんだ」

駄々をこねる幼児をあやすような手つきで、彰が私の髪をくしゃくしゃと撫でる。

なんだか子ども扱いされたみたいで腹が立って、私は「勝手にすれば！」と怒鳴って走り出した。

汚れなき瞳

それからも私は数日に一度、夜中にツルさんの家を脱け出して、防空壕で眠った。目が覚めたら現代に戻っているんじゃないか、と期待して。

でも、何度そうしても、いつも目が覚めるのは一九四五年の世界だった。

ほかにどういう方法があるんだろう。何も思いつかなくて、私は途方に暮れていた。そうこうしているうちに、こっちの生活にもずいぶん慣れてきた。

「あ、百合！　おはよう」

店の前で掃き掃除をしている私に、向こうから近づいてきて声をかけたのは、近所の魚屋の娘で、毎日店に魚の配達をしてくれる千代（ちよ）という少女だ。

「おはよ、千代」

「今日も暑いねえ」

「うん、暑いね」

遠いどこかの戦場では、今まさに激しい戦闘が繰り広げられているはずなのに、こんな普通の会話をしているのは、なんだか変な感じがする。

戦時中というのは、これまで私が思っていたように、どこもかしこも真っ暗で、人々もみんな沈んだ顔をしている、というわけでもない。たとえば、こんな会話も普通に交わされたりする。

「ねえねえ、百合」

「んー?」

「今日、石丸さん、いらっしゃると思う?」

ほんのりと頬を紅潮させて、恥ずかしそうに訊ねてくる千代。彼女は、近くの基地の兵士で鶴屋食堂の常連でもある石丸さんのことが気になるらしいのだ。

「そうだね、いつも休みの日には彰……佐久間さんたちと一緒に来るから、きっと今日も来るんじゃない?」

「ふふ、やった。ねえ、あとで、百合に用事があるふりして訪ねて来てもいい？」

「ええ、またあ？　仕方ないなあ。分かったよ、それまで石丸さんたち引き止めとくね」

「ありがと！　ああ、持つべきは友ね！」

こんなふうに、現代の人と変わらず、普通に恋をしたりしている。

戦時中とはいえ、日常生活を送る人々の様子はあまり違いがない。ただ、そこかしこの塀や電信柱に、『贅沢は敵』とか、『欲しがりません、勝つまでは』とかいうスローガンが書かれた貼り紙がしてあるのを見ると、自分が今、戦争をしている国にいるんだ、と実感させられるけれど。

「お礼に掃除、手伝ってあげる」

嬉しそうに微笑みながら私のほうきを奪った千代を見ると、地味な色みの着物の袖口から、赤い花柄の生地がちらりと覗いているのが目に入った。

「下に着てる服の柄、可愛いね」

何気なく言うと、千代は慌てた様子で袖を引っ込める。

「見えてた？　気をつけなきゃね」

その言葉を聞いて、戦時中には派手な色柄の服を着ると『非国民』と言われてしまうのだったと思い出した。

「それくらいなら見えてもいいんじゃないの？」

「ええ？　だめよ。前に同級の子が、花の模様がついた下着を着てるのが知られて、憲兵にひどく叱られたんですって。だから気をつけないと。百合もね」

「そっか……」

好きな服を着ることさえ許されないなんて、本当に不自由な時代だ。

「……でも、ちょっとだけ自慢していい？」

千代がそう囁いてきたので、私は「何を？」と首を傾げる。

「あのね、この服……」

千代は私の手を引いて人目につかない場所に移動すると、襟を開いて、下に着ていた花柄の服を見せてくれた。

「可愛いでしょ？　お母さんが昔着てたブラウスを、がんばって肌着に仕立て直したの」

「え？　もしかして自分で？」

「そうよ。それにほら、刺繍も。すごく良くできたの」

千代が胸のあたりの薔薇の刺繍を指差して、自慢げに笑った。

「すごい！　これも千代が自分で刺繍したの？　うまい！」

「ふふ、そうでしょ？　今まででいちばんの出来だもの。私、こう見えてもお裁縫は得意なのよ。今度、百合の服も縫ってあげましょうか」

「えっ、いいの？　嬉しい」

「もちろん。百合の花の刺繍なんてしたら素敵よね……あっ」

浮き浮きした表情で話していた千代の顔が、一瞬にして緊張したものになった。すぐ近くを人が通る気配がしたのだ。千代は慌てて襟を直して、可愛い花柄の服を灰色の着物で覆い隠してしまった。

　せっかく自分で縫った服も、お気に入りの刺繍も、誰にも見られないように下着にしなければならないのだ。それが悲しくて、私は無理やり話題を変える。

「ねえ、千代。そういえば、千代の学校も授業は停止中なんだよね」

「ええ、そうよ。今は毎日、製糸工場で働いてるの」

「……いやだな、とか、なんで？　とか、思わないの？」

　私が呟くように言うと、千代はきょとんとした顔をする。そして、はっきりと言った。

「兵隊さんは戦地で戦い、私たちは銃後を護る」

　私が「何それ？」と言うと、「聞いたことないの？」と驚いたように目を丸くした。

「学徒動員の合言葉。兵隊さんたちは、私たちのために命を危険にさらして戦ってくださってるでしょ？　私たち女子どもはそれを直接お手伝いすることはできないから、工場で働くことで兵隊さんたちの応援をしてるの。だから、ちっともいやだなんて思わない。むしろ、みんな誇りだって思ってるわよ」

戦争の手伝いをすることが、誇り？

そんな考え方は、どうしても、すんなりとは受け入れられない。だって私は、現代で、『戦争は恐ろしいもの』、『二度と繰り返してはならない過ち』だと教えられてきたから。

それなのに、この時代の人たちは、戦争のことを悪いものだとは捉えていない。

一九四五年の初夏といえば、もう終戦目前。戦況は日本が圧倒的に不利になっているはずだ。でも、新聞などではずっと、日本が勝ち続けているように報じられている。だから、誰もが『日本が敗けるはずはない』と信じているらしいのだ。

国民みんなが一致団結して、報じられる戦局に一喜一憂して、日本軍を応援している。それを見たとき私は、まるでオリンピックやワールドカップを観戦して日本代表を応援している現代人みたい、という印象を受けた。この戦争の結末を知っている私としては、なんと言えばいいのか分からない。

掃き掃除を終えると、千代は大きく手を振りながら帰っていった。その後ろ姿を複雑な気持ちで見送り、千代が持って来てくれた魚の箱を持って、私は店の中に戻った。

「ツルさん、お魚、届きました」

「はいよ、ありがとね。冷蔵庫に入れといてちょうだい」

私は「はあい」と返事をして、冷蔵庫という名の木箱に魚を移した。朝のうちに買いに行って入れておいた氷の塊から、ひんやりとした冷気が放たれる。外の熱気で溶けてしまわないように、すぐに戸を閉めた。

しばらくすると、店の外からざわざわと人の気配がしてきた。私は戸口まで行ってのれんをくぐり、外を確かめる。

「あ、百合ちゃん」

予想通り、基地の軍人たちだった。先頭を歩く石丸さんが笑顔で手を振っている。私は「こんにちは」と挨拶をして、彼らを招き入れた。

ぞろぞろと中に入ってくる軍人たちの真ん中くらいに、彰がいた。

「百合、元気にしてたか」

彰がすれ違いざまに私の頭を撫でる。すると後ろにいた兵隊さんたちが、「ずるいぞ佐久間！」と口々に文句を言った。

「百合ちゃんは俺たちみんなの妹なんだからな？」

「そうだそうだ、ひとり占めするなよ！」

彰は「大人気だなぁ、百合」と微笑んで、

「しかし、最初に百合と知り合ったのは俺だからな。俺には百合をひとり占めする権利があるのさ」

と冗談めかして言った。

「小憎らしい奴だなぁ、佐久間め」

そう言って彼らは笑い、次々に私の頭を撫でながらのれんをくぐっていった。

父親も、付き合いのある親戚もいなくて、年上の男の人とほとんど接したことのない私は、こういうときどんな顔をしていいのか分からない。黙って撫でられていると、彰がぷっと噴き出した。

「……なに、彰」

「いや、ずいぶん困った顔をしているからおかしくて。珍しく褒められてしまった悪戯っ子のよう、と言えばいいかな」

また、子ども扱いする。私はむすっとして、「彰のばーか」と捨てセリフを投げつけ、さっさと店内に戻った。後ろでくすくすと笑う彰の声を聞きながら。

彼らは、訓練が早く終わった日や休みの日には必ず鶴屋食堂にやって来た。食事を終えてもそのまま居座り、座敷に寝転がって世間話をしたり、新聞を読んだり、将棋や囲碁をしたり、カルタやトランプや花札で遊んだり、それぞれに休暇をのんびり楽しむのだ。彼らが来る日は、ほかの常連客たちも遠慮してあまり店にはやって来ないので、いつも貸し切り状態になる。

　ツルさんはいつも、彼らの注文したものに加えて、おまけだよと言って、この時代にしてはかなり豪勢な料理を大量に出してあげている。それでは採算がとれていないはず、ということがだんだん分かってきて、私はある日、彼らが帰ったあとに訊ねてみたことがあった。

「ねえ、ツルさん」

「なんだい？」

「兵隊さんたちにずいぶん豪華な料理を出してるけど、お金は大丈夫なの？」

　するとツルさんは微笑んでこう言った。

「あの方たちは、みんな特攻隊の隊員なんだよ」

　彰の口から『特攻』という言葉を聞いたことはあったけれど、まさか全員が特攻隊員だとは思っていなかった私は、驚いて言葉に詰まった。

「お国のために若い命を捧げなさる、生き神さまだよ。あと数ヶ月、あと数日もしたら、みんなお国のために散華（さんげ）される尊い方々だから……だからね、精一杯、できる限りのおもてなしを、してあげたいじゃないか」

あと数ヶ月？　あと数日？　あの人たちは全員もう少しで死んでしまうということなのか。唐突に突きつけられた事実に、私は愕然とした。

そういえば、ここに来る兵隊さんたちの顔ぶれは、その都度少しずつ変わっていく。突然来るようになる人もいるし、突然来なくなる人もいる。まさかと思ってツルさんに訊ねると、来なくなった人はみんな、特攻の命令を受けて出撃していった人たちらしい。新たに来るようになった人は、この基地から特攻隊として出撃するために、ほかの土地から移ってきた人たちだ。

ツルさんによると、特攻作戦の最前線であるこの基地に移ってきた兵士は、早ければ二、三日のうちに、遅くても二、三ヶ月のうちには出撃命令を受け、南方の空に飛び立って行くのだという。

それを聞いて以来、私は彼らに接するとき、どんな態度をとればいいのか分からなくなってしまった。この人は数日後には死んでしまうかもしれない、もう会えないかもしれない。そんな考えが何度も頭をよぎった。

でも、平均二十歳くらいの彼らは今も、普通の若者と変わらない明るい表情で、ツルさんの料理をおいしそうに頬張り、仲間とおしゃべりをして、軽口を叩き、ふざけ合っている。

なんとも言えない複雑な気分で彼らの様子を見ていると、

「おうい、百合ちゃん」

と奥の席から呼ばれた。

声の主は、千代の恋のお相手、石丸さんだ。その座敷には、彰を含めて五人が座っていた。彰と石丸さんのほかに、寺岡（てらおか）さん、加藤（かとう）さん、板倉（いたくら）さん。年齢も性格もばらばらの五人だけれど、同じ小隊に入っていて仲が良く、いつも一緒にやって来る。

「百合ちゃん、ちょっとおじさんたちのおしゃべりに付き合っておくれよ」

お茶目で明るいムードメーカーの石丸さんが、にやにやしながら言う。年齢は二十で、彰とは唯一の同年ということで、いちばん仲がいいらしい。

「おい石丸、下品な物言いはやめろよ。百合ちゃんがいやがるだろう」

苦笑しながら諭すのは、熱血漢の加藤さん、二十六歳。

「そうですよ、石丸さん。親父くさいですよ」

加藤さんの隣で眉をひそめているのは、この中では最年少、十七歳の板倉さん。

「なんだと、板倉め、生意気な！」

石丸さんが怒った顔をつくって板倉さんの頭を片腕に抱え込んだ。板倉さんが笑って「痛い痛い」と大げさな悲鳴をあげるのを、みんなも笑って見ている。板倉さんは大きな商家の四男に生まれたお坊ちゃんらしく、末っ子らしい愛嬌があり、年上の隊員さんたちから可愛がられているのだ。

「相変わらず仲良しだなあ」

と微笑んでいるのは、最年長二十九歳の寺岡さん。包容力のある穏やかな人柄で、隊員たちから信頼されているのが伝わってくる。

楽しげに笑い合う石丸さんたちのいちばん奥で、彰はひとり、会話にも加わらずにいる。何をしているのかと見てみると、分厚い本を黙々と読んでいた。

私の視線に気づいたのか、石丸さんが彰の肩を叩く。

「こら、佐久間！　せっかく百合ちゃんが来てくれたのに、いつまで読んでるんだよ」

「え？　ああ、ごめん」

彰は初めて気がついたように顔を上げ、本を閉じた。

「まったく佐久間、お前ときたら、読書をしだしたらまったく周りが見えなくなるんだからなあ」

「すまない、ちょうど面白くなってきたところだったんだ」

彰はごまかすように笑った。石丸さんは彰の読んでいた本の表紙を見て、

「また小難しそうな本だな、おい」

と顔をしかめた。それから悪戯っぽい顔で私を見上げ、

「百合ちゃん、知ってるかい?」

と言ってきた。

「何をですか?」

「佐久間ってな、なんと、あの早稲田の学生なんだよ。早稲田で哲学の研究をしてたんだってよ。秀才だ、秀才! だからこんな小難しい本を、妙に嬉しそうに読めるわけだよ」

大学進学になんかまったく興味のない私でさえ、もちろん名前を知っているような大学だ。

でも、そのときの私は、それがすごいということよりも、もっと別のことに心を奪われていた。

大学に通っているような、優秀で将来有望な人たちまで、戦争に駆り出されるのか。

べつに、大学に行っていない人なら召集されてもいい、なんて思うわけじゃないけれど、それでも、まだ学生をしている人まで戦争に行かされるだなんて考えてもみなかった。

突然、みんなの素性が気になってきて訊いてみると、ほかの隊員も大学生だったり、学校の先生をしていたりしたのだと言う。

現代では多くの人が大学に進学するけれど、昔は大学に行く人なんてほんのひと握りだった、と聞いたことがある。それに、昔の教師は現代と違って、『先生様』なんて崇められて、子どもたちに勉強を教えているというだけで、周囲からの尊敬の念を集めていたとか。

だとしたら、そういう貴重な人材が、どんどん特攻して『散華』していたということになる。

なんだかそれって、おかしくない？　と思ってしまう。だって、『国を護るため』と言いながら、結局は国の財産を失っていったということじゃないか。

そんな私の不満な思いは顔に出てしまったらしく、彰たちが怪訝そうな表情で

「どうした？」と訊ねてきた。もともと思ったことは全部口に出したくなってしまう性分の私は、だから、言ってしまった。

「……みんな、なんで特攻隊なんかに入ったの？」

彼らは一様に目を丸くする。その後すぐに、最年少の板倉さんが、なぜだか傷ついたような表情で俯いた。

沈黙が流れる。静けさが重苦しくて、私は言葉を続ける。

「特攻しろって命令されたんだよね。それってどうしても断れないの？」

沈黙は破られない。しばらくして、最年長の寺岡さんがゆっくりと口を開いた。

「命令されたから征くわけじゃないよ」

呟くように言って、軍服の胸ポケットにそっと手を差し入れた。みんなの前に寺岡さんが差し出したのは、一枚の写真だった。

色褪せてぼろぼろになった、白黒の写真。写っているのは、まだ二十くらいに見える若い女の人と、その人に抱かれている小さな小さな赤ちゃん。

「これは、俺の妻と子だよ」

寺岡さんはちらりと私を見て、写真に視線を落とし、優しく微笑んだ。

「おととし結婚したんだ。娘は去年の冬に生まれた。俺はこの子が生まれる前に徴兵されたから、会ったことはないんだが……」

「え……？　会ったことないの？　自分の娘なのに？」

思わず言ってしまってから、後悔した。穏やかな微笑みを浮かべたままの寺岡さんの目に、寂しそうな色が滲んだから。

そうだ、悲しくないわけがない。きっと寺岡さんは、自分の子どもをその腕に抱くこともなく、この世から消えてしまうんだ。

信じられない。ひどい。いくら戦争だからって、こんなことが許されるだろうか。

でも、寺岡さんは強い光を放つ目で、こう言った。

「俺はね、特攻隊員になったことを誇りに思っているよ。俺はこの命をもって愛する妻と我が子を守ることができるんだから」

その言葉の意味がすぐには飲み込めず、私はぽかんと口を開いた。

何それ？　そんなの間違ってるよ。だって、寺岡さんの奥さんは、こんなに若いのに、シングルマザーになっちゃうんだよ。

私は自分のお母さんのことを思い出して、やりきれない気持ちになった。

朝から晩まで働いて働いて、私を育ててくれたお母さん。その面影を思い出すと、急に懐かしさが込み上げてきて、苦しくなった。

お母さん、どうしてるかな。顔が見たい。会いたい……。

私は泣きそうになるのを堪えながら、低い声で寺岡さんに訴える。

「……奥さんはきっと、ひとりで心細い思いをしてるよ。女手ひとつで子育てするのって、すごくすごく大変なんだから。子どもの面倒見ながら働くって、本当に難しいし苦しいんだよ。寺岡さんが近くにいてくれたら心強いのにって、きっと思ってるよ」

私の訴えを黙って聞いていた寺岡さんは、少し俯いて、胸ポケットからまた何かを取り出した。

それは、写真と同じくらいぼろぼろになった手紙だった。

きっと寺岡さんは、何度も何度も、すりきれるまで、この手紙と写真を見返したんだろう。だからこんなにもぼろぼろになってしまったんだ。そう思うと、悲しくて切なくて仕方がなかった。

手紙は筆と墨で書かれていて、達筆すぎて私にはほとんど読めなかった。それに気づいたのか、彰が声に出して読みあげてくれる。

『昌治郎(しょうじろう)様、お元気でいらっしゃいますか。こちらは靖子(やすこ)も佳代(かよ)もたいそう達者でおります。お国の為に、天皇陛下の御為に、尊いお仕事をなされる貴方様を、靖子は誇りに思います。幼い佳代のことは、安心して靖子にお任せください。貴方様は何の心残りも未練もなく、どうかお仕事を成し遂げてくださいませ。遠い空の下よりご武運をお祈りしております』

あまりにもまっすぐな奥さんの言葉に、私はもう何も言えなかった。

私が黙り込んでいると、熱血漢の加藤さんがおもむろに口を開いた。

「百合ちゃん、俺はね、中学校の教師をしていたんだ。戦争が激化してきて、俺の以前の教え子だった何人かが、学徒出陣で戦場に行ったという噂を聞いた。そして、そのうちの数人は戦死したということも……。俺は歯がゆくてたまらなかったよ。教え子が空襲にやられたり、遠い南方で戦死したりしているのに、教師の自分は何をしているのかと。だから、赤紙が来たときは心底から嬉しかった。『これでやっと、自分が教え子たちを守る立場に立つことができる』と思った。配属された基地で特攻の志願者が募られたとき、俺はいちばんに手を挙げたよ」

そう熱く語る加藤さんの目は、誇らしげに輝いていた。私はやっぱり何も言えなかった。

「俺は、子どもの頃から軍人に憧れていたんだ」

石丸さんが明るく笑う。

「大きくなったら絶対に立派な帝国軍人になって、この国のために命を懸けて戦うと決めていたんだよ。それが日本男児の大和魂ってやつさ」

茶化すような軽い口調で語る石丸さんの隣で、「僕も同じです」と板倉さんが微笑んでいた。

最後に彰が口を開く。

「上官がね、俺たちにこう言ったんだ。『今、戦況は逼迫している。日本を救えるのは、若者たちの気高い魂による体当たり攻撃しかない。天皇陛下の御為に、大日本帝国のために、国民のために、愛すべき家族や友人や恋人のために、自ら特攻に名乗りを上げてくれる者は誰か』と。それを聞いて、俺は心から感銘を受けた。俺たちはこの身体で、この魂で、この国を守ることができるんだ、と。だから俺は、すぐに手を挙げたよ」

私は彰の目をじっと見つめた。汚れも曇りもない、澄みきったまっすぐな瞳。

……この人たちは、何を言っているんだろう。

まったく理解できない。どうしてこんな考え方ができるの？

だって、私は知っている。日本はもうすぐ戦争に敗ける。この人たちが今からしようとしていることは、特攻なんていうものは、無駄死にでしかない。そんなことをしてもしなくても、日本は敗ける。

それはたしかに悔しくて不名誉なことかもしれないけれど、決して不幸なことではないはずだ。長い間人々を苦しめた戦争がやっと終わって、日本は少しずつ復興していって、そして私が生きていた時代になる頃には、あんなに豊かな国になるのだから。

だからあなたたちは、死ぬ必要なんてない。こんなにまっすぐで、こんなに純粋で、こんなに優しい人たちが、どうして死ななきゃいけないの？

私は悔しくてたまらなかった。日本はどうせ敗けるんだ、と大声で叫んでしまいたかった。でも、そんなことを言ったところで、信じてもらえるわけがない。

その代わりに私は、こう言った。

「……特攻なんて、自分から死にに行くなんて、馬鹿だよ。そんなの、ただの自殺じゃん……。馬鹿だよ。特攻を命令した偉い人も、それに従ってる人たちも、みんな馬鹿。やめればいいのに。逃げちゃえばいいのに」

震える声で言うと、彰がくすりと笑った。

「……君は本当にまっすぐな子だな。思ったことが全部、顔にも口にも出る」

彰の言葉に、寺岡さんや石丸さんも頷いた。彰が静かな声で語りはじめる。

「君の言いたいことは理解できるよ。でもね……。新聞では、戦局は日本が有利と報じられているが、実際には違う。このままでは、日本は圧倒的に不利な条件で講和を結ばざるを得ない状況に陥るだろう。そうなれば、日本に未来はないんだ。兵力の減少と搭乗員の技量低下の中で大きな戦果を上げるには、体当たり攻撃をするほかはない」

決然とした口調。特攻の意義を信じて疑わない表情。

私は悔しくて、なんとか思いとどまってほしくて、必死で反論する。

「特攻なんて、体当たり攻撃なんて、ただの無駄死にだよ。みんなが命を捨てて敵艦に突撃しても、結局敗けるんだよ」

すると彰は、「君は珍しいことを言うね」と答えた。

「俺は、命を捨てるなんて思っていないよ。俺は、俺たちは、この命を最大限に生かして、日本を、国民を救うんだ。こんなにも栄誉なことがあるか？」

「…………」

私には分からない。

ねえ、彰。どうしてそんなふうにまっすぐに、明るい未来を信じられるの。自分が死んだら国が救えるなんて、どうして信じられるの。あなたたちが命を落としてまで勝利を手にして、本当に家族が幸せになれると思うの？

そんなのおかしい。間違ってる。

伝えたいことが、訴えたいことが、分かってほしいことが、心の中に溢れて、暴れ回っている。

でも私は、それをこの人たちに納得させるための言葉を、どうしても思いつけなかった。

私は手にしたお盆をぎゅうっと握りしめ、何も言わずに踵（きびす）を返す。

無性に悲しくて、悔しくて、どうしようもないくらい腹立たしかった。

優しい背中

「百合ちゃん、今日は昼まで店を休みにして、ちょっとお出かけしようか」

ある日の朝、ツルさんがそう言って私を外に連れ出した。

とても陽射しの強い日で、ツルさんに借りた麦藁(むぎわら)帽子をかぶっていても、頭のてっぺんが焼けそうに暑かった。

行き先は聞いていない。でも、ツルさんの顔色を見れば、楽しい外出というわけではなさそうだと分かった。

町の大通りを抜けて、ひと気のない小道に入り、しばらく歩くと、さびれたお寺の前に辿り着いた。

「お墓がね、ここにあるの。……今日は月命日なんだよ」

ツルさんがぽつりと呟く。誰のだろう、と思ったけれど、目を細めてお寺を眺めている静かな横顔を見ると、何も言えなくなってしまった。

ツルさんはゆったりとした足どりでお寺の門をくぐって、本堂でお参りをしてから、隣接している墓地に入っていった。私は言葉もなくツルさんの背中を追った。

ところどころ傷んで崩れた墓石が所狭しと並んでいる。供えられた花は、からからに干からびているものが多い。荒れたお墓が多いな、と思った。墓参りをする余裕がないのか、それとも墓参りをする人もいなくなってしまったのか。

ツルさんがひとつの墓石の前で足を止めた。それから、たくさんの名前が並んだ墓碑にそっと手を置く。

「これがうちのお墓。私の家族がね、この中に入ってるんだよ」

はっとした。出会った頃にツルさんが言っていたことを思い出したのだ。『この前の空襲で、家族を亡くした』と。

枯れた花を古新聞で包み、桶に汲んできた水と麻布で墓石を洗う。ツルさんの手つきは、宝物に触れるように丁寧で、切なくなるほど優しかった。

「私にも手伝わせて」

小さく言うと、ツルさんが微笑んで私に手ぼうきを差し出してきた。受け取って、墓の周りの砂埃や枯葉をほうきで集める。

「ありがとね、百合ちゃん」

ツルさんが墓石をから拭きしながら呟いた。

「今まではひとりで来てたのに、今日は百合ちゃんと一緒に来られて嬉しいよ」

なんと答えればいいのか分からなくて、私は小さく頷くことしかできなかった。

たったひとりで家族のお墓参りに来ていたツルさんを想像すると、言いようもなく悲しかった。

掃除を終えると、ツルさんは墓石の前にしゃがみ込み、マッチを取り出して線香に火をつけた。私は線香を受け取って、墓石の前の線香皿に置く。ツルさんも同じようにそっと線香を供えた。

ふた筋の白い煙が、ゆらゆらと立ち昇る。それを見てから目を閉じた。

じっと手を合わせて、ただ祈る。

墓地の周りに密生した木々から、蝉の大合唱が絶え間なく響いていた。俯いたうなじに、じりじりと灼けつくような陽射しを感じる。

そっと瞼を開けて隣を見ると、ツルさんはぴくりとも動かずに手を合わせていた。その目は瞬きすらせずに、まっすぐに墓石を見上げている。その姿が寂しくて、私はゆっくりと目を逸(そ)らした。

「……待たせてごめんね。そろそろ行こうか」

ずいぶん経ってから、ツルさんはそう言って立ち上がった。私も頷いて腰を上げる。少し目眩(めまい)がした。

空になった桶の中に持ってきたものを戻し、ふたり並んで歩き出す。

墓地を出たところで、ツルさんが口を開いた。

「あのお墓にはね、前の戦争に行って死んだ主人と、空襲で死んだ娘と孫が入ってるんだ」

「……うん」

「娘はね、良縁に恵まれて、隣町の大きな商店の跡継ぎに嫁いで、子どもも産まれて、幸せに暮らしてたんだよ。でも、この前の空襲で、隣町がずいぶんひどくやられただろ？　そのときに火事に巻き込まれて、子どもと一緒に……。それで、嫁ぎ先に頼んでふたりのお骨を少しだけ分けてもらってね。うちのお墓にも入れてやったんだよ」

ツルさんの目は乾いていたけれど、声は掠れて震えていた。きっと、涙が涸れるまで泣いたんだろう、と思った。

「せめて子どもと一緒で良かったよ。母親を亡くした赤ん坊ほど、かわいそうなものはないからね」

「…………」

良かった、なんて私は思えなかった。空襲なんかなければ、その子は――ツルさんの孫は今も生きていて、成長する姿をツルさんと娘さんが見守ることもできたはずなのに。ツルさんがこんなに寂しい顔をすることもなかったのに。

蝉の声と強すぎる陽射しに包まれながら、私はぐっと唇を噛んだ。

「ほら、そんな顔しないで。可愛い顔が台なしだ」

ツルさんがぎゅっと私を抱きしめる。そして背中を撫でてくれる。

その温かさに涙が溢れてきて、ツルさんの肩にぽとりと落ちた。

「……優しい、いい子だね、百合ちゃんは」

ツルさんの言葉に、私はふるふると首を振る。

優しくなんかない。ひねくれ者だし、口が悪いし、たくさんの人を傷つけてきた。いい子なんかじゃない。

でも、そんな私に、ツルさんはどこまでも優しく触れてくれる。

「仕方がないことだったんだよ。もう終わったことなんだから。それに今は、百合ちゃんがいてくれるから、寂しくなんかないんだよ。ありがとね、百合ちゃん」

私は小さくしゃくりあげながら答える。

「そんなことないよ。私のほうこそ、家に住ませてくれて、ご飯も食べさせてもらって、寝る場所ももらって……。それなのに、ちゃんとお礼もしてなくてごめんね。ツルさん、いつもありがとう」

言いながら、お母さんのことを思い出した。血のつながらない他人であるツルさんには、こんなに素直にお礼を言えるのに、同じことをしてくれていたはずのお母さんには、どうして素直になれなかったんだろう。ごめんね、と心の中で呟いた。

「そんな他人行儀な言い方しないでおくれ。私にとっちゃ、百合ちゃんはもう家族なんだから……たったひとりの……」

私をじっと見つめるツルさんの瞳も、少し潤んでいる気がする。

墓碑に刻まれていた、ツルさんの家族の名前。そうか、私はきっとツルさんにとって、娘さんの代わりなんだ。

身代わりにされている、なんてこれっぽっちも思わない。ツルさんが私にかけてくれた思いやりと優しさは本物だと、私には分かっているから。

だからせめて、戦争で家族を亡くしてひとりきりになってしまったツルさんの寂しさを、私が少しでも埋めることができたら、と思う。せめて代わりになれたらいい。力不足かもしれないけれど。

そんなことを考えながら、ふと気づく。

ツルさんに対しては『娘さんの代わりになれたら』と思えるのに、どうして、彰に『もうひとりの妹』と言われたときは、あんなにも複雑な気持ちになってしまったんだろう。


そのあと私たちは、ツルさんが古い知り合いの人に用事があるということで、町外れに向かった。

町外れには、陸軍の飛行場がある。特攻基地となっている、彰たちの配属されている飛行場だ。町からは少し離れているので基地自体は見えないけれど、ときどき、戦闘機が滑走路を走る音が聞こえたり、着陸する機の姿が見えたりした。ツルさんの小学校時代の同級生だという高野さんは、笑顔の可愛らしいおばさんだった。私が「はじめまして」と挨拶をすると、にこにこと返してくれた。ツルさんは家から持ってきた着物や手作りの漬物を籠から出して、高野さんが田舎の親戚から送ってもらったという野菜や果物と交換した。

この時代では、いくらお金があったとしても、好きなものを好きなだけ買うなどという贅沢なことはできない。だから、欲しいものや足りないものがあれば、こうやって物々交換をするのだ。

高野さんから貰った野菜を籠に入れていたとき、小さな物音がした気がして、私は何気なくそちらに目を向けた。

「……？　誰かいるの？」

応答はない。でも、やっぱり人の気配がある気がして、私は籠を持ったままそちらに歩いて行った。そして、息をのんだ。隣の家の塀にもたれて座り込む小さな男の子がいたのだ。

「どうしたの？　具合、悪いの？」

そう訊ねながら男の子の様子を観察して、私は言葉を失った。

薄汚れたシャツの袖から覗いている腕と、短いズボンの裾から伸びた足は、見たことがないほどに痩せ細っていたのだ。骨と皮、という言葉が思い浮かんだ。

「……おなか、すいた。のど、かわいた」

まだ十歳にもなっていないように見える男の子は、ゆっくりを顔を上げ、うつろな目で私を見上げた。頬はこけて、唇は乾いてひび割れている。ぶかぶかのシャツの襟から覗くがりがりの胸には、くっきりとあばら骨が浮いていた。

私はそろそろと視線を動かして、手に持った籠の中を見た。みずみずしい新鮮な野菜。すごくおいしそうだ。このあたりで手に入る野菜といえば芋やかぼちゃなどの根野菜ばかりで、こういった葉野菜やトマトなどはめったに食べられない。

だからこそツルさんは、店に来てくれる特攻隊員たちにこれを食べさせてあげようと、数少ない着物と交換したのだ。鶴屋食堂にとって、とても大事な食料。分かっている。でも、私は、どうしても我慢できなかった。

振り向くと、ツルさんは玄関先で楽しそうに高野さんと世間話をしている。

ごめんね、ツルさん、と心の中で謝って、私は籠の中の野菜を手に取り、男の子の顔の前に差し出した。

私が何かを言う前に、男の子はひったくるように野菜をつかんで、勢いよくかぶりついた。どれほどお腹が空いていたんだろう。

「……ゆっくり食べて。全部あげるから」

そっと囁きかけると、男の子は少し落ち着いたのか、こくりと頷いた。

食べ終えるまで見守って、立ち去ろうとすると、男の子が私の袖を引っ張ってくる。振り向いたら、「ありがとう」と小さな声が聞こえた。私はなんとか笑みを浮かべて、男の子の頭にぽん、と手をのせた。

その瞬間、男の子の顔が痛そうに歪んだ。

「え……っ、ごめん！　強かった？　痛かった？」

慌てて訊くと、男の子はふるふると首を振る。でも、涙目になっていた。

「どうしたの？　もしかして、怪我してる？」

心配になって男の子の肩をつかんだ。骨ばって細すぎる肩だ。

「……なぐられた」

ぽつりと男の子が言った。

「え？　殴られた？　誰に！」

「店の人……」

言いながら、男の子は涙声になる。大きな目から、堪えきれないようにぼろぼろと涙がこぼれはじめた。

「……父ちゃんも母ちゃんも死んで、食べ物もお金もなくなって、お腹が空いて、店に並んでたのを食べようとしたら、店のおじさんに殴られた。何回も……何回も……」

最後には声にならなくて、男の子は大声で泣き出した。

「ひどい……なんてことするの……」

思わずそう言ってしまったけれど、本当は私にも分かっていた。店の人も必死なんだ。苦労して仕入れた商品を、家族を養うための貴重な収入源を、盗まれたりして黙っていられなかったんだ。分かる。分かるけど、でも。

「……痛かったね。怖かったね」

そうすることしかできなくて、私は男の子を抱きしめた。たいして大きくもない私の腕の中にすっぽりおさまってしまう、驚くほどか細くて小さな身体。

いつの間にか、涙が私の頬を伝っていた。

こんなに小さな男の子が、両親を失って、ひとりきりになって、飢えに苦しんで、盗みを働こうとして、殴られて。

なんと言えばいいのか分からない。何を思えばいいのか分からない。

どうしてこんなにひどいことが起こるんだろう。誰のせいなんだろう。誰が悪いんだろう。誰に怒れば、誰を憎めばいいんだろう。分からなかった。

男の子は、痩せ細った身体で泣きつづけた。きっと今までずっと我慢していたのだ。頼れる人が誰もいなくて、泣くことさえできなかったのだ。

この世界に来てすぐに彰やツルさんに助けられた私は、なんて幸せだったんだろう。この子のように飢えながら生きている子どもがたくさんいるはずなのに、贅沢はできなくても毎日普通にご飯を食べさせてもらえている私は、なんて恵まれているんだろう。

この子の力になれたらいいのに、と心の中で呟いたあと、いや、自分にはそんな力なんかない、と思って苦しくなった。今生きていられるのも、ツルさんの好意のおかげで、私自身は、人を助けられるような力なんて持っていない。この子ひとりならなんとかしてあげられるかもしれないけれど、ほかにも同じような境遇の人たちがきっとたくさんいて、みんなを救うことなんてできるはずもない。

それは仕方のないことで、どうしようもないことだ。

でも、と思う。

戦争なんかなければ、私の生きた時代に生まれていれば、この子はこんなに苦しむことはなかったのだ。私なんかに助けられなくたって、家族と一緒に、飢えたりすることもなく幸せに生きていけるはずだったのだ。

「……早く戦争が終わればいいのに」

男の子がしゃくりあげる声の合間で、私の声は思いのほか大きく響いた。

「早く敗けを認めちゃえばいいのに」

ぽつりと呟くと、男の子が潤んだ目を丸くして見上げてきた。その小さな頭をそっと撫でる。

「そしたら、こんな戦争なんか終わって、みんな普通の生活に戻れるのに。早く敗けちゃえば……」

「なんだと？　もう一度言ってみろ」

突然、後ろから声がした。驚きでびくりと肩が震えた。

振り向くと、そこには警官の制服を着た男が立っている。見上げるほど背が高く、筋肉質な大柄の男だ。

「……なんですか？」

なんの用だろう、と怪訝に思ってそう返すと、無表情だった警官の顔が、一瞬にして険しくなった。

「とぼけるつもりか！　俺はなあ、女子どもだからといって容赦はせんぞ！」

唐突に激しい言葉を向けられて、唖然としてしまう。なんで知らないおじさんにいきなり怒られなくちゃいけないの？

驚きのあまり何も答えずにいると、警官の顔はみるみるうちに歪み、怒りに赤く染まる。

「さっき言ったことを、もう一度言ってみろ！」

「え……？」

「とぼけても通用せんと言っとるだろう!」

警官は怒鳴りながら制服の腰のあたりに手を伸ばして、何か細長いものをベルトから抜き取った。それに目を向けると、棍棒のようなものだと分かり、私は血の気が引くのを感じた。

反射的に男の子を背中にかばう。それから小声で囁きかけた。

「……危ないから、逃げて」

男の子は怯えた表情で私と警官を見比べている。

「早く。ほら、行きなって」

軽く肩を押すと、男の子はよろめくようにして歩き出した。何度も心配そうに振り返るので、私は安心させるために微笑み返して手を振った。

「馬鹿にしとるのか!」

いきなり怒鳴りつけられて、あまりの横暴さに苛立ちが湧き上がってきた。

こんな気持ちになったのは久しぶりだ。現代の学校で、威圧的な態度をとる教師に苛々していたことを思い出した。

でも、今のほうがずっと腹立たしい。いきなりやって来て、何もしていないのに怒鳴り散らしてきて、しかも武器まで持っている。怖かったけれど、それよりもっと、怒りの感情が強く込み上げてきた。

「そっちこそ、なんなの？　いきなり怒鳴りつけてくるなんて、わけ分かんない。女子どもだと思って馬鹿にしてるのはそっちでしょ」

思いのままに言いたいことを言ってしまってから、『しまった』と後悔した。それは、警官の顔に憎しみともいえる怒りの表情が浮かんだからだ。

「――ふざけるな！」

今までとは比べものにならないほどの怒鳴り声をあげて、警官が棍棒を握りしめる。

「俺はこの耳でしかと聞いたんだぞ！　お前、日本が敗ければいい、と言っただろう！」

「言ったけど、それが何？　そう思ったから言っただけなんだけど」

「な……！　ぬけぬけと何を言う！　この非国民が！」

いきなり、腕をつかまれた。

驚いて硬直していると、目の前に棍棒が振り上げられた。

あ、殴られる、と妙に冷静に思った。

こんな大男に力一杯殴られたら、きっとただではすまない。私は反射的に目を閉じて、つかまれていないほうの手でなんとか顔をかばう。

一瞬の後、がつんと強い衝撃が来て、閉じた瞼の中に星が散った。

直撃したわけではなく、頭をかすった程度だったけれど、焼けつくような痛みが走る。ふらりと身体がよろめいた。

「……いった。なにすんの」

目を開けて、思わず睨むと、警官はもう一度棍棒を振り下ろしてきた。

さっきよりもずっと早く、恐ろしい表情で。

殴られる瞬間に備えて身体を硬くする。

でも、衝撃も激痛もおとずれなかった。ただ、鈍い音が響いただけ。

怪訝に思って顔を上げると、目の前に、地面に倒れ込んで肩を押さえている小柄な身体があった。

「——ツルさん！」

慌てて助け起こす。ツルさんは微笑んで「大丈夫、大丈夫」と答えたけれど、その顔は痛みに歪んでいた。

私をかばってくれたんだ、と気がついて、泣きそうになった。

「ツルさん、なんで……。大丈夫？　怪我は……」

ツルさんは黙って頷き、私をぎゅっと抱きしめた。それから警官のほうに向き直る。警官が目を見開いて、「お前は」と言った。

「鶴屋食堂の女将(おかみ)か」

ツルさんは小さく頷いた。

「うちの娘が、何か不届きなことを申し上げたのでしょうか。だとすれば申し訳ありません、わたくしの責任です。娘に代わって謝りますので、どうか今回はご容赦ください」

そう言ってツルさんが地面に膝をつき、深く土下座をしたので、私は息をのんだ。

「ツルさん！　そんなことする必要ない！　私は何も悪いことなんかしてないし、いけないことなんか言ってない！」

思わず叫ぶと、ツルさんが私の手首をつかんで、微笑みながら首を横に振った。何も言うな、ということだろう。

「まだ言うか、この小娘！」

警官が私を睨みつける。私も睨み返した。

「噂で聞いたことがあるぞ。鶴屋食堂の看板娘が、反戦的なことばかり言っていると。子どものたわ言だと思って見過ごしておいてやったのに、そんな反抗的な態度を取るのなら、もう聞き捨てならん。覚悟はできているんだろうな！」

再び棍棒が振り上げられるのが見えて、私はツルさんの前に飛び出した。これ以上、私の恩人を傷つけさせるわけにはいかない。

「やめて！」

ツルさんの叫び声がした。私はぎゅっと目を瞑った。

でも、またもや衝撃は私を襲わなかった。

「……？」

目を開ける。そこには、広い背中があった。見慣れた軍服の背中。

「え……彰？」

ちらりと振り向いた横顔は、やっぱり彰だった。

「嘘……なんで？」

彰は警官が振り下ろした棍棒を空中でつかんでいた。何かが衝突するような鈍い音の正体がなんだったのかを知って、私は青ざめる。

「彰！　大丈夫!?」

「心配するな。大丈夫だよ」

くすりと小さく笑う彰の声を聞くと、安堵のあまり涙が滲んできた。

彰は棍棒をつかんだままゆっくりと腕を下ろす。

警官は眉をひそめて彰に目を向け、上から下まで視線を走らせてから、

「……お前、特攻隊員か？」

と呟いた。彰は何も答えず、静かに見下ろしている。それを肯定と受け取ったのか、警官は棍棒を引いた。

お国のために尊い命を捧げる特攻隊員は、この時代では美談として語られ、神仏のように崇められている。だから警官もむやみに彰を攻撃することはできないのだろう。それに気がついて私はほっと胸を撫で下ろした。

「俺はこの小娘と話しているんだ。関係のない奴は引っ込んでいろ」

手出しができないことが悔しいのか、警官は乱暴な口ぶりで彰に言った。

彰が首を横に振る。

「そういうわけにはいきません。関係があろうとなかろうと、一方的に暴力を振るわれている人を放ってはおけませんから」

彰の口調は、警官の横暴を責めるようでもなく、ただ淡々としていた。

警官の顔が屈辱で赤くなる。

「なんだと!?　俺は暴力を振るっているわけではない！　この娘が非国民だから、懲（こ）らしめてやっているんだ！」

「非国民？　証拠があるんですか？」

「俺は聞いたんだ、日本が敗ければいいとこいつが言ったのを！」

「それはどういう文脈ですか。あなたはこの子の言うことをちゃんと初めから聞いていたんですか？　ただ通りがけに、一部分だけ耳にして、勝手に決めつけているのではないですか」

彰は顔色ひとつ変えずに、低い声であくまでも静かに話す。

対照的に警官の顔はどんどん醜く歪んでいった。誇りを傷つけられて怒り狂っているのが、見ていて分かった。

「……黙れ！　とにかく、どかんか！」

警官が彰の胸のあたりをどん、と突いて、脇によけようとする。彰は「どきません」と答えた。それが警官の怒りに火をつけた。

「馬鹿にしやがって！」

叫んだ警官は、大きな身体で容赦なく彰を突き飛ばした。

「彰！　……っ！」

彰に駆け寄ろうとした瞬間、目の前がさっと暗くなった。驚いて目を上げると、恐ろしい形相の大男が私に向かって拳を振り下ろしていた。

目に留まらないくらい速いはずなのに、なぜか、スローモーションに見える。ゆっくりと近づいてきて、だんだんと大きくなる拳。

あ、当たる、と思った、そのとき。

彰が私と拳の間に飛び込んできた。

薄い皮膚一枚を隔てただけの、硬い骨と骨がぶつかる、鈍くて鋭い音。

拳骨で殴られた瞬間に、彰の身体は大きく傾いた。

「——彰!!」

叫びが喉をついて出た。

彰は殴られた額のあたりを押さえて、ふらふらとよろめく。そのまま地面に片膝をついた彰の傍らに私はしゃがみ込んだ。

「彰、彰! 大丈夫!?」

そんな当たり前のことしか言えないのがもどかしい。

この気持ちをどう言葉にすればいいのか、私は知らない。

胸をかきむしられるようなこの苦しさを、どう伝えればいいのか分からない。

私は泣きそうになりながら、俯いている彰の背中にしがみついた。

「う……」

彰の口から呻き声が洩れた。殴られた衝撃のせいか、きつく目を閉じて、何かに耐えるように顔をしかめている。

「彰……ごめんね、ごめんね……」

私のせいだ。私をかばって、彰が殴られて怪我をした。私があんなことを言わなかったら。

私は唇を噛んで顔を上げた。視線の先にいた警官は、自分のしたことに驚いたように、握りしめたままの拳と彰とを交互に見ている。激情に任せて特攻隊員を殴ってしまったことに呆然としているようだった。

「――謝れ」

自分でも驚くほど低い声が、私の唇からこぼれた。

「彰に謝れ」

顔を覆ったまま動けずにいる彰。それを心配そうに見ているツルさん。そのツルさん自身も、痛そうに肩を押さえている。

真っ赤な炎が勢いよく胸の中に燃え上がって、ごうごうと渦巻いているのを感じた。自分でもどうしようもないくらい、目の前の男に私は怒っている。

「彰に謝れ。ツルさんにも謝れ。あんたは、最低の人間だ！」

叩きつけるように言うと、警官が顔を歪めた。

「……百合」

突然、下から手首をつかまれた。視線を落とすと、彰が青ざめた顔で私を見上げていた。

「もう大丈夫だ。軽い脳震盪だよ、もう治った」

彰がゆらりと立ち上がる。私も同じように腰を上げた。

そして彰を見上げた瞬間、心臓をわしづかみにされたような気がした。彰の顔に真っ赤な血が流れていたのだ。

「あ……彰、血が……！」

声が震える。血の気が引いていくのが分かった。

すると彰が力なく笑って、ぽんと私の頭に手を置いた。

「平気だよ。これくらい、たいした傷じゃない。少し切れただけだ」

「嘘。だって、こんなに血が出てるのに」

「大丈夫、大丈夫。ほら、もう血は止まってるだろう」

彰が袖で額の傷のあたりを拭うと、たしかに新しい血はほとんど出ていないようだった。少しだけほっとする。

「……百合、心配かけてごめんな」

頭をそっと撫でられる感触と、上から降ってくる優しい声音で、ぎゅっと喉の奥が苦しくなって、視界が滲んだ。

「……お、俺は知らんぞ、俺は悪くない」

警官が怯えたように彰の血を見ながら言った。彰は私に向けていた笑みを消して、静かに見つめ返す。

「俺は、俺は悪くない……知らない……」

自分に言い聞かせるように何度も繰り返しながら、警官はふらふらと走り去っていった。

しばらくその後ろ姿を見送ってから、私は視線を戻して、彰とツルさんを見た。

「……大丈夫？」

我ながら情けないくらい震えた声だ。

身を挺して私を守ってくれたふたりは、優しく微笑んでこくりと頷いた。

ぶわっと涙が溢れ出した。

「ごめんね、ごめんね……私のせいで……ごめん、ふたりとも」

両手で顔を覆う。指の間を涙が伝って、手の甲を濡らした。

彰がくすりと笑う。

「泣き虫だなあ、百合は」

そう呟きながら、私の頭を抱え込むようにして髪をくしゃくしゃと撫でた。

私は彰の胸にすがりつくように腕を伸ばした。

ツルさんが、「高野さんが心配してるだろうから、いったん戻るよ」と言って離れていく。

「君が謝ることはない。百合は何も悪くない。悪いのはあの警官だ」

「……うん」

彰の胸にぎゅっと耳を押し当てる。とく、とく、と規則正しい鼓動の音がする。

ああ、生きてる、と思った。彰は生きている。

たくさんの感情の波で荒れていた心が、みるみるうちに落ち着いていくのが自分でも分かった。

「あの警官をあんなふうにした何ものかが悪いんだ……」

彰がしゃべるたびに、彰の胸が震える。それが心地よくて、私は目を閉じた。

しばらくして、私は顔を上げる。

「……そういえば、彰。どうしてこんなところにいるの?」

首を傾げて訊ねると、彰は一瞬目を見開いてから、ふっと噴き出した。

「その言葉はそっくりそのまま返したいな。俺のほうこそ驚いたよ、まさか百合がこんなところにいるなんて」

「あ……そっか。あのね、ここ、ツルさんのお友達の家で。用があって来てたの」

「なるほど、そういうことか。俺はたまたま近くを歩いていたら、町の人たちが『向こうで揉めごとが起こっている』と騒ぎ出したから、来てみたんだよ」

「え？　揉めごと？」

「そうだよ。てっきり酔っ払いの喧嘩か何かだろうと思って、仲裁に来たつもりだったんだが、着いてみたら、百合が警官に喧嘩を売っているじゃないか。本当にびっくりしたよ」

　彰がからかうような口調で言うので、私はむっとする。

「喧嘩なんか売ってないよ」

「そうか？　ずいぶん怖い顔で睨んでいたから、てっきり」

「怖くないし」

「あはは」

彰がおかしそうに笑った。

からかわれたのは悔しいけれど、彰の明るい笑い声を聞くと、胸にぽっと火が灯ったような気持ちになる。

そのとき、近くを人が通りかかった。幼い子どものように抱きついているのが急に恥ずかしくなって、私は彰から身を離す。

その拍子に、視界の端に鮮やかな緑色のかけらが映った。さっきの男の子にあげた野菜の食べかすだ。唐突に、飢えて痩せ細った男の子のことを思い出して、一気に気持ちが沈む。

「……何があったのか、訊いてもいいか？」

私の顔色の変化に気がついたようで、彰が小さく囁いた。

私はこくりと頷き、今日あったことを話した。話しているうちに、落ち着いていたはずの感情が高ぶってきて、涙声になってしまった。

「おかしいよ。この国はおかしい」

言葉が口をついて出る。

言ってはいけないことなのかもしれない。でも、彰なら、と思った。

彰なら聞いてくれるはず。そして、受け止めてくれるはず。

「あんな小さな男の子をひとりぼっちにして、あんなに瘦せるまで飢えさせて。戦争なんかいやだって言っただけで、あんなふうに殴られる。……おかしいよ。そんな戦争が正しいわけない。この国は間違ってる」

思いが溢れて、言葉が止まらなかった。

こんな話を聞かれたら、また『非国民』と罵られてしまうのだろう。でも、彰は何も言わずに聞いてくれていた。

「百合、君は」

話を聞き終えた彰が、私をじっと見つめながら呟いた。私も見つめ返して、続きを待つ。

「君は、なんて……」

彰はそう言って、それきり口を噤んだ。

何？　と先を促そうとしたところで、ツルさんが高野さんの家から出てきた。

「さて、俺もそろそろ戻らないと」

彰はいきなりそう言って、「じゃあ、また」と歩いて行ってしまった。

呼び止めたくなったけれど、勝手に男の子にあげてしまった野菜のことをツルさんに謝らなきゃ、と思いついて、私は結局、視界から消えていく彰の背中を見送ることしかできなかった。

二章　仲夏

幸福のひととき

翌日、朝目覚めていちばんにしたことは、ツルさんの肩の怪我を確かめることだった。

「ツルさん、肩、見せて」

「ええ？　大丈夫だよ、心配しないで」

「だめ、心配だから見せて」

必死に言うと、ツルさんは困ったように笑ってから、襟をはだけて肩を見せてくれた。

「うわ……やっぱり痣になってる」

「そりゃあねえ。でも、ただの打ち身だから大丈夫だよ」

「ねえ、やっぱり今日はお店、休みにしよう」

「大丈夫、大丈夫」

「だめ、だめ！　今日は絶対安静！」

私は無理やりツルさんを居間に座らせて、店の入り口に『本日臨時休業』と貼り紙をした。

「ツルさん、家のことは全部私がやるから。ゆっくり休んでて」

「でも、悪いよ」

「悪くないって！　たまには恩返ししたいだけだから。ね、やらせて」

「そうかい……じゃあ、お言葉に甘えて」

やっとツルさんが落ち着いて座ってくれたので、私はほっとして炊事をはじめた。

まな板の上で漬物を切りながら、小さな頃のことを思い出す。

小学生の頃は、まだお母さんとすごく仲が良くて、いつも一緒に台所に立っていた。お母さんが疲れた顔をしているときは、『今日は私がご飯つくってあげる』

と言って包丁を奪い取ったりしていた。

それなのに、いつからか、私は台所に立たなくなって。仕事から帰ってきたお母さんが疲れていないか、と顔色を見るのもやめてしまった。

……もしも、またもう一度、お母さんに会えたら。

そのときは、昔みたいに、一緒に晩ご飯を作ろう。


店の仕事がないので、時間がゆっくりと流れている気がした。

全ての家事を終えても、まだ昼前だ。せっかくだから店の掃除もしようかな、と食堂のほうに足を向けたとき、入り口のあたりで物音がした。

「すみません、今日はお休みで……」

お客さんかと思って戸を開けると、そこには彰が立っていた。

「おはよう、百合」

いつもの笑顔で挨拶をする彰を、私はぽかんと見上げる。

「どうしたの？　ひとり？」

「ああ、うん」

「ごめんね、今日はお店、閉めてるんだ」

「構わないよ。食事をしに来たわけじゃないんだ。ツルさんと百合の様子を見に来ただけだから」

声が聞こえたのか、奥からツルさんが出て来た。

「あれまあ、佐久間さん。わざわざすみませんね」

「いえ。ツルさん、怪我は大丈夫でしたか」

「全然大丈夫だよ。痛くもかゆくもないよ」

「そうですか。お元気そうでよかった」

「佐久間さんのほうこそ、頭の怪我は？」

制帽を脱いだ彰の額を見ると、眉の上に、それほど深くはないものの、まだ生々しい赤い傷がある。

「平気です。すぐに血も止まりましたし、基地には消毒液も止血薬もあるので、すっかりいいんですよ」

「痛くない？」

私が訊ねると、彰は微笑んで「まったく痛くないよ」と答えた。本当かどうかは分からないけれど、顔色は悪くなかったので安心する。

お茶を用意して、しばらく三人でとりとめのない話をしていたら、いきなりツルさんが「ああ、そうだ」と手を叩いた。

「何？　どうかした？」

「いいことを思いついたよ」

「え？　何？」

「ふたりで出かけておいで」

ツルさんが唐突にそう言って、茶目っ気たっぷりの笑みを浮かべた。

「え？　え？　な、なんで……」

動揺のあまり、もごもごと口ごもってしまう。

するとツルさんが私の手をぎゅっと握った。

「せっかくのお休みなんだし、いいじゃないの。ふたりの時間が合うことなんてめったにないんだからね。貴重な一日だから、大事に使いなさい」

ツルさんが目を細めて言った。

私は彰を振り返る。彰は一瞬目を見開いて、それからにっこりと笑った。とくん、と心臓が跳ねた。

彰とふたりきりになれる時間なんて、たしかに今までほとんどなかった。

「行っておいで、百合ちゃん」

「でも……ツルさんがひとりになっちゃう」

「私は大丈夫。おとなしく寝てるから、心配しないで」

「…………」

「佐久間さん、百合ちゃんをよろしくね」

ツルさんが私の背中を押して、彰の前に立たせる。

彰が「はい、もちろんです」と言って大きく頷いた。


「こうやってゆっくり歩くのはいつぶりかなあ」

彰が空を見上げながら言う。

私も顔を上げた。雲ひとつない、真っ青な夏空が広がっていた。

「いい天気で良かったな」

彰が私の顔を覗き込んで声をかけてくる。返事をしようとしたけれど、隣を歩く彰の存在がやけに気になって、言葉が出なかった。手のひらの中にじわりと汗が滲む。

私、緊張してるな、と自覚した。当たり前だ。私は男の人とふたりきりで、こういうふうに昼間の町を目的もなくぶらぶら歩いたことなんて、一度もないのだ。

何も言えなくて、俯きながら歩く。右、左、右、左、と出てくる自分の爪先を、意味もなくじっと見ていた。

今まで彰とどんな会話をしていたっけ、と不思議に思う。頭が真っ白で、何も思い出せない。

「百合？　どうした、具合でも悪いか？」

私ははっと顔を上げ、否定するように首を振った。

「大丈夫。ちょっとぼうっとしてただけだから」

そう答えると、彰は「そうか」と頷いた。

「どこか行きたいところはあるか？」

彰がにこにこしながら訊いてくれたけれど、何も思いつかない。彰と一緒にいられるだけでいい、とふいに思って、恥ずかしさで息苦しくなった。

「……まだ、このへんのこと、あんまり知らないから」

苦し紛れにごまかすと、彰は「それもそうか」と頷いた。

「そう言われたら、俺もほとんど出歩かないから何も知らないなあ」

「そっか、そうだよね」

「今日は暑いから、あまりうろついても危ないしな」

「危ない？　何が？」

「暑い中を連れ回すと、また百合が目を回してしまうかもしれないから」

彰が悪戯っぽく微笑んで、覗き込むように身を屈めてきた。顔の近さにどきりとして、それをごまかすために私は睨むふりをする。

「あのときは私にもいろいろ事情があったの。今は大丈夫だよ」

「そうか？　それにしてもあのときは驚いたなあ、今にも気を失いそうな顔で女の子がしゃがみ込んでいたから、いったい何事かと思ったよ」

「もう、うるさいなあ。しょうがなかったんだって」

ぶつぶつ言っていると、彰が「ごめん、ごめん」と笑い声をあげた。

「それはさておき、どうしようか……ああ、そうだ」

周りを見渡した彰が、急に足を止めた。それから振り向いて、

「あの店に入ろうか」

と言う。首を傾げると、彰が「ほら、行こう」と私の手首をつかんだ。

彰が私の手を引いて足を踏み入れたのは、軒先に『甘味処』と書かれたのれんが下げられた店だった。

『甘味』という文字を見た瞬間、私は思わず「えっ」と声をあげてしまった。

だって、この時代では砂糖は貴重すぎるほど貴重なのだ。現代のように普通にお店で買うことはできなくて、ごくたまに配給されるときにしか手に入らない。しかも、配給の砂糖はほんのわずかで、すぐに底をついてしまう。だから、この時代に来てからは、甘いものといえばかぼちゃの煮物や干し芋くらいしか口にできていなかった。

「うそ。甘味って、甘いもの？　甘いの食べれるの？　ほんとに？」

喜びを隠しきれずに言うと、向かいに腰を下ろした彰が目を細めた。

「前に聞いたんだが、この店はつてがあって、砂糖がいくらか手に入るんだそうだ。だから、このご時世でもこうやって甘味を出せるんだろう」

「へえ……いろいろあるんだね」

「さあ、百合。何にする？」

「ええと……」

彰が指差したほうに目を向けると、墨文字でメニューらしきものが書かれた木の札が壁際に並んでいた。でも、書かれた言葉がどんな料理を指しているのかが分からなくて、戸惑ってしまう。

すると、彰は私がお金のことを気にしていると思ったようで、

「代金は俺が払うから、心配しなくていいよ」

と私の頭にぽんと手を置いた。

「いつも鶴屋食堂で世話になってるからな。今日はなんでも好きなものを食べさせてあげよう」

「……いいの？」

確かめるように訊き返すと、彰が大きく頷いた。

「もちろんだよ。ほら、好きなものを選んで」

私は「じゃあ、お言葉に甘えて」と答えて、メニューに視線を戻す。でも、やっぱり解読するのが難しい。選べなくて黙っていると、彰が助け船を出してくれた。

「迷っているなら、かき氷にしないか」

それを聞いた瞬間、私はまた「えっ」と声をあげてしまった。

「かき氷なんてあるの!?」

驚いて目を丸くすると、彰は怪訝そうな顔になった。

「それはもちろんあるよ、甘味処だからね」

「うそ……すごい」

まともな冷蔵庫も冷凍庫もない時代に、かき氷が食べられるなんて、想像もしていなかった。

「じゃあ、かき氷にする」

嬉しさで頬が緩むのを感じながら言うと、彰がおかしそうに噴き出した。

「そんな顔を見たのは初めてだな」

そう言われてみると、そうかもしれない。

この時代に来てからは、毎日を生きることに必死で。嬉しいことよりも、つらいことや悲しいことのほうがずっとずっと多くて。こんなふうにうきうきとした気持ちになることは全然なかった。

でも、考えてみれば、私は現代にいた頃も、いやな顔ばかりしていたような気がする。小さい頃はそんなことはなかったはずなのに、いつからか、毎日毎日苛々して、不機嫌な顔ばかりするようになっていた。

「その顔が見られただけでも、連れてきた甲斐があったな」

彰が微笑みを浮かべて私を見つめている。

彰はいつも優しい顔をしているな、と思った。私とは全然違う。

私なんかよりずっと、つらいことや苦しいことばかりの毎日を送っているはずなのに、どうして彰はいつも、こんなに穏やかな表情でいられるんだろう。すごいな、と素直に思った。

「……そんなに見られたら、顔に穴が開きそうだ」

苦笑しながらそう言われて初めて、自分が瞬きすら忘れて彰を凝視していたことに気がついた。急に恥ずかしさが込み上げてきて目を逸らす。

彰はふふっと笑ってから、

「みぞれにするか？　それとも雪か。金時はさすがに品切れかな」

と言った。私はきょとんとして視線を戻す。

「え？　雪？」

かき氷の味の話をしているのは分かった。『みぞれ』味は分かる。『金時』もたぶん、小豆の餡のことだ。でも、『雪』ってなんだろう？

首を傾げていると、彰が目を見開いた。

「百合、もしかして、かき氷は初めてか？」

「えっ。ううん、かき氷は食べたことあるんだけど……」

私が知っているかき氷の味といえば、イチゴやレモン、メロン、ブルーハワイ。でも、そんな名前を出したら変な顔をされそうなのはなんとなく分かって、私は口を閉ざした。

「……なんだか、百合と話していると、ときどき、異国の人を相手にしているような気持ちになることがあるな」

彰は不思議そうに言った。たしかに、違う国で生まれ育ったようなものだ。

「まあ、そんなことはどうでもいいか。まず、みぞれというのは、削り氷に砂糖水をかけてあるもので」

「あ、うん。それはなんとなく分かる」

「そうか。金時は甘く煮た小豆がのっているもの。でも、今は小豆もほとんど出回っていないから、たぶん品切れだろうと思うよ」

「うん」

「それで、雪というのは、氷にそのままの砂糖がかけてあるものだよ」

「へえ……砂糖がかかってるんだ。そんなのあるんだね」

現代のかき氷にはないものだ。でも、暑い夏に『雪』を食べて涼をとる、というのはとても素敵な発想だと思った。そういえば『みぞれ』も同じだ。なんというか、センスのあるネーミングだなあ、と感激する。

興味を引かれたので、私は『雪』を頼むことにした。彰は『みぞれ』を選んだ。

店は空いていたので、すぐに店のおばさんがお盆にのせたお椀（わん）を運んで来た。

黒い漆塗りの椀に盛られた白い山のようなかき氷が、私と彰の目の前に置かれる。

どちらの味も色がないので、見た目は同じ。味のないただのかき氷に見える。でも、久しぶりに見る削られた氷は、びっくりするほどおいしそうだ。

「いただきます」

手を合わせると、店のおばさんが笑って「どうぞ召し上がれ」と言ってくれた。

竹匙（さじ）で氷をすくうと、しゃり、と軽やかな音がして、それだけで涼しくなったような気がする。口にふくんだ途端に広がる冷たさと、砂糖の甘さ。

「おいしい……」

こんなに冷たいものを食べたのも、こんなに甘いものを食べたのも、いつ以来か思い出せないほど久しぶりだった。頭の後ろがきいん、となる感覚さえも懐かしい。

「甘い。本当においしい。幸せの味だあ」

自然とそんな言葉が飛び出した。

彰は微笑みながら私の食べる様子を見ていて、それから、ひとり言のようにぽつりと声を洩らした。

「そうか。よかった」

「可愛いな」

その言葉が耳に入った瞬間、ぽろ、と竹匙を落としてしまった。

「……へ？」

『可愛い』と、聞こえた気がした。もしかして、私のことだろうか。いや、そんなはずないか。私の聞き間違いだろうか。

私は口をあんぐりと開けたまま、彰をじっと見つめる。すると彰が我に返ったような表情になり、すっと顔を背けた。

「……ごめん、思わず。気にしないでくれ……」

そう言って少し俯き、片手で覆われた彰の顔は、ほのかに赤くなっているように見える。耳朶（みみたぶ）の端にも、赤みが差しているような気がする。

「……もしかして、彰、照れてるの？」

心に浮かんだ言葉をそのまま口に出すと、彰が手をはずして顔を上げ、困ったように笑った。

「それは気づかなかったことにしてくれ」

私に向き直った彰の顔は、やっぱり赤い。『可愛いな』と言った彰の声を思い出して、私の顔も熱くなった。胸が早鐘（はやがね）を打つ。

「……早く、食べよう。溶けちゃうから」

いたたまれない空気をなんとかしたくて、落としてしまった匙を拾い、さくりとかき氷にさして言った。

「ああ、そうだな」

彰もかき氷を食べはじめる。

「…………」

「…………」

不自然な沈黙が流れて、しばらくしてから、私たちは同時に噴き出した。

「変なの、彰、いきなり黙り込んで」

「それは百合も同じだろう」

「だって……」

ふたりで見つめ合い、笑いを堪えながら食べたかき氷は、とろけそうなほどに甘かった。

店を出てから、ふたりで町を散歩した。

目的の場所などなかったから、ただぐるぐると町内を巡るだけ。

初めはなんだか緊張してしまって、うまく会話ができなかったけれど、だんだんと空気がほどけてくると、やっといつも通りに話せるようになった。

大通りを歩いていたときのことだった。すぐ脇を大きな荷馬車が猛スピードで駆け抜けていって、驚いた私はよろけてしまった。すると彰が抱きとめてくれて、そのあとは、「危ないから」と手をつないで歩いてくれた。

その間ずっと、心臓が破裂しそうなくらいに跳ねていて、顔が熱くて、息苦しいくらいだった。

でも、嬉しかった。

大きくてやわらかい手。

どきどきしているのに、すごく落ち着いた。

今までずっと、こうしてきたような気がした。

これからもずっと、こうしていられるような気がした。

幸せだった。

この時間が永遠に続けばいいのに――なんて、叶(かな)うはずもないことを、願ってしまうほどに。


彰といると、どうしてこんなに満ち足りた気持ちになるんだろう。

どうしてこんなに幸せな気持ちになるんだろう。

でも私は、それを考えるのが怖かった。

答えを見つけるのが怖かった。

だから、私は自分の気持ちに蓋をして、目を逸らしていたのだ。

襲いくる炎

七月になった。

夏らしさが本格的になってきて、ただでさえ暑いこの土地は、うだるような熱気に覆われていた。

今日は基地の訓練休みの日で、鶴屋食堂には昼前から隊員たちが集まっている。彰たちの隊は清掃当番だとかで、遅れて来るらしかった。

私は給仕をしながら、深刻そうな顔つきで交わされる隊員たちの会話に聞き耳を立てていた。

「沖縄(おきなわ)の守備軍が全滅したらしい」

「本当か」

「沖縄はすでに連合国軍に占領されているというぞ」

「いよいよ危機的だな……」

「新聞で読んだが、東京や大阪、神戸、名古屋あたりでＢ29の爆撃による大空襲があったらしい」

「大都市は軒並みやられたってことか……」

「疎開先の田舎も、そろそろやられるかもしれんな……」

重苦しい単語ばかりが聞こえてくる。私は思わずため息を洩らした。

常連のおじさんの話によると、東京や大阪では、『じゅうたん爆撃』と呼ばれる攻撃が行われたらしい。犠牲者は何万人とも、何十万人とも言われている。空を埋め尽くすほどたくさんのＢ29――アメリカの戦闘機が、大量の爆弾を無差別にばらばらと落とし、家も学校も人間も、何もかも焼き払われていく。その地面は文字通り、まるでじゅうたんが敷かれたように、爆弾によって一面が覆われてしまう。

たくさんの人の命を奪い、物的資源を完全破壊して、日本の戦意を失くさせることが目的なんだそうだ。聞いただけでもぞっとする、ひどく恐ろしい攻撃だった。

そんなことが、この日本のどこかで今まさに実際に行われているなんて、なんだか実感が湧かない。でも、これは現実なんだ。

アメリカはなんでそんなにひどいことをするんだろう。

でも、アメリカだけじゃなくて日本もきっと、それと同じくらいのことを、もしかしたらもっとひどいことを、アメリカやほかの敵国に対して行っているのだろう。この戦争の始まりは、日本軍がアメリカに対して奇襲をしたからだと聞いたことがある。

どうして日本とアメリカは、こんなことになってしまったんだろう。どうしてこんなふうにいがみ合って、憎み合って、殺し合うようになってしまったんだろう。

私が生まれた時代、七十年後の世界では、日本とアメリカはあんなに仲良くなっているのに。それなのにどうしてこの世界では、自分たちの命を危険にさらしてまで相手を苦しめようとしているんだろう。

この時代のみんなに教えてあげたい。

七十年後には、日本人とアメリカ人が互いの国に旅行したり、留学したりしているということ。

日本人とアメリカ人が結婚することだって、珍しくもない。

日本人はしょっちゅうハンバーガーやホットドッグを食べるし、パンケーキの店には行列ができている。

日本のマンガやアニメが大好きなアメリカ人もたくさんいて、インターネット上で友達になったりもする。

もしかしたら、今殺し合っている相手の子どもや孫同士が、それほど遠くない未来で、友達や恋人や家族になっているかもしれないのだ。

そう考えたら、戦争なんて本当に無意味で無益で、悲しい結末を招くだけのものだ。

またひとつため息をついたとき、店の奥から「百合ちゃん」と呼ぶ声が聞こえた。

「ちょっと、おつかいを頼まれてくれないかい？」

「はあい」

ちょうど仕事のなくなっていた私は頷き、ツルさんのいる台所に入った。

「あのねえ、お米がもうこれっぽっちしか残ってないんだよ。これじゃ隊員さんたちには足りないからさ、田島（たじま）さんって家にこれ持って行って、お米と交換してきてくれないかね」

そう言ってツルさんが私に手渡したのは、ツルさんが以前、「これは銘仙（めいせん）の着物なんだよ」と言って大事そうに見せてくれた、紫色の着物だった。銘仙というのは絹で織られた生地で、なめらかな光沢のある、とてもきれいな着物だ。

「え……いいの？　だって、これ……すごく大事なものだって……」

私が訊ねると、ツルさんはなんでもなさそうに「いいんだよ」と明るく笑った。

「こんなおばちゃんが上等の銘仙なんか持ってたってしょうがないもんね。隊員さんたちの胃袋を膨らますほうが大事だよ」

そんなふうに言って微笑むツルさんの瞳も、特攻隊員の人たちと同じくらい、曇りなくきれいに澄みきっていた。

私はツルさんの大事な着物を風呂敷に包み、ぎゅっと胸に抱えた。

「百合ちゃん、おつかい？」

隊員さんの数人が、店の外に出ようとする私に気づいて声をかけてくれた。

「気をつけて行っておいでよ」

「うん、行ってきます」

私は彼らに手を振り、ツルさんが渡してくれた地図を頼りに歩き出した。

少し歩くとすぐに汗が噴き出してくるほど、暑い日だった。

手拭いで汗を拭きながら歩く。今日がお風呂に入れる日でよかった、なんて思いながら。

町の人たちは、以前に比べてどこか暗い表情を浮かべている気がした。

本土空襲が始まり、沖縄が占領されて、誰もが心の奥底に不安を抱えている。もしかして日本は敗けるんじゃないか。そんな思いがじわじわと波のように押し寄せて、町じゅうを覆っているようだ。きっとそれは、今、日本のどこでも同じなんだろう。

途中で曲がるところを間違って、少し遅くなってしまったけれど、なんとか田島さんの家に辿り着いた。すごく大きな立派な家で、玄関の前に立って声をかけると、上品なおばあさんが出てきた。

「あら、どちらさまかしら？」

「鶴屋食堂の者です」

「ああ、ツルさんとこの？」

「はい。あの……これ」

着物を見せると、おばあさんは慣れた様子で「お米と交換ね」と頷き、奥からお米の入った布袋を持って来てくれた。

たったこれだけ？　と驚いてしまうくらいのわずかな量だった。でも、今はそれくらい、白米が貴重な品なのだ。

ツルさんの大事な着物が、片手で持てるほどの量しかないお米に代わってしまった。そのことになんとも言えない切なさと虚しさを感じながら、私は田島さんの家をあとにした。

風呂敷に包んだお米を抱きしめながら鶴屋食堂に向かって歩く。

カンカンカン、と鋭い金属音が響く鉄工所の横を通り過ぎて、しばらく経った頃だった。

……————ン……。

遠くから、微かにうなるような音が聞こえてきた。

私は道の真ん中に立ち止まって、音の正体を確かめようとする。

……ウ―――――ン……。

今度はさっきよりも近くなったようで、はっきりと聞こえた。なんとも言えない不気味な音。サイレンだ。そして、その音はさらに近づいてきた。

周りの人たちがざわざわと騒ぎ始める。空を見上げて、様子を窺っているようだ。

次の瞬間、鼓膜が破れそうなほど大きな音で、すぐ近くでサイレンが鳴りはじめた。

空襲警報だ。

心臓をぎゅっとつかまれたような気がして、一気に冷や汗が噴き出した。

どうしよう、本当に空襲が来たら。

警報のサイレンが鳴ったからといって、必ずしも空襲があるとは限らないのは分かっている。けれど、なぜか今日は、すごくいやな予感がして、胸がざわざわと波立っていた。

大丈夫だと思うけど、でも、もし、万が一……。

早く帰らなきゃ、と思って歩き出そうとしたけど、緊張で微かに震える足がうまく動かない。遠くで、近くで、不安をあおるように鳴り続けるサイレンの音が重なり合って、ぞっと身の毛がよだつような不協和音を奏でる。

そのとき突然、空がふっと暗くなったような気がした。

反射的に顔を上げる。きれいに晴れた夏の空。その鮮やかな青の中に、小さな黒い影がある。

「……来たぞ！　爆弾だ！」

誰かが叫んだ瞬間、周りで一斉に悲鳴があがった。

「逃げろーっ！　防空壕に入れーっ！」

「急げ、来るぞ！」

空から雨のようにばらばらと降り注いでくる、無数の爆弾。信じられない光景に、私は魂を抜かれたように立ち尽くすことしかできなかった。

口々に何かを叫びながら走る人々が、前から後ろから横からぶつかってきて、私はよろめいた。

「あんた、何してるの！　早く逃げなさい！」

知らないおばさんに強く背中を叩かれて、私はやっとのことで我に返った。

風呂敷包みをぎゅっと抱きしめ、元来た道を走り出す。

背後でひゅるひゅるという音がした。そして、次の瞬間。

ド————ン！

爆音がした。

振り返ると、さっき通り過ぎたばかりの鉄工所から、一気に噴出するように、勢い良く炎が立ち昇っていた。

「焼夷弾(しょういだん)だ……」

「火事になるぞ！」

「防空壕から出ろ！」

消防団の人たちが大声で指示をしている。

焼夷弾とは、ガソリンなどの燃料が中に入った恐ろしい爆弾。当然、焼夷弾が落ちると火事になり、そうなると防空壕も燃えてしまうから逃げ場がないのだと、ツルさんが以前教えてくれた。少しでも多くの命を奪おうとしているのだなと思った。その爆弾が、今まさに落とされている。

家々が建ち並ぶ路地から、持ちきれないほどの荷物を持った人、大荷物を手押し車に載せた人々が、わらわらと出て来る。表通りは人や車で急激に混雑して、私は流れに身を任せるしかなくなってしまった。

「南町がもうやられた、火事でえらいことになっているぞ！」

「北に逃げろ、高台に……それか川だ……」

建物が燃える、ごうごうという音が、余計に焦りを感じさせた。

パニックになった人々が、血眼になって高台へ向かう。

私はどんどん帰り道から離れていくのが気になって、人波を掻き分けて集団から外れた。とにかく、一度戻らなきゃ。そうしないと、もう二度と帰れなくなってしまう気がした。

たくさんの焼夷弾が降ってくる。

思わず見上げると、飛行機が驚くほど低いところを飛んでいた。

数え切れないほどの銃弾が、ものすごい勢いで、雨あられのように飛んでくる。

機銃掃射という攻撃だ。戦闘機についた機関銃が、何十秒間も標的を撃ち続けるのだ。

近くの建物の壁に銃弾の雨が降り注ぎ、無数の穴が空いた。その穴から家の中がぽっかりと見えた。

もしもあれに当たったら、私の身体も同じように――。

ぞっとして、必死に足を動かした。ちらりと振り向くと、百メートルくらい後ろにばらばらと銃弾が飛んでくるのが見えた。

怖すぎて、叫び声さえ出せない。

まるでゲームの世界の住人になったような気がした。

プレーヤーからただ一方的に狙い撃ちにされるだけの、ひたすら逃げ回ることしかできない、哀れな標的。

しばらくすると飛行機が遠ざかったので、少しだけ緊張が解けた。

運悪く焼夷弾の落ちた家の屋根から、煙と炎が一気に立ち昇る。熱風を受けて汗がだらだらと流れ、それが目に入るので何度も袖で拭った。でも、拭っても拭っても汗が出てくる。火事が広がり、炎と炎が合わさって勢いが増し、熱くて熱くてたまらなかった。

煙を少し吸ったせいで、喉が引き裂かれるように痛い。涙が滲んできた。手拭いを口許に当てて、炎の中をただただ走る。

しばらく行ったところで、小さな女の子が道端でうつ伏せに倒れているのが目に入った。

「大丈夫!?」

思わず立ち止まって、女の子の肩に触れた瞬間、背筋が凍った。

完全に力を失ってぐったりとした身体。恐る恐る口許に顔を近づけてみると、息をしていなかった。

横向きになった女の子の顔を見ると、頬に煤がついて、目が半開きの状態だった。うつろな瞳の表面に、燃え盛る炎がちらちらと揺れていた。その瞼を閉じて、頬を拭ってあげ、私はよろよろと立ち上がった。

その拍子に胃のあたりがぎゅうっと痛んで、胃液が上がってきた。

ぐっと呻きながら道端で嘔吐して、涙を拭い、私はまた走り出した。

足がもつれて、うまく走れない。

途中、燃え盛る家の前で呆然と立ちすくんでいる親子を見た。でも、私にはどうしてあげることもできない。

だんだんと感覚が麻痺してくるのを感じた。

……これが、戦争なんだ。

国と国の争いで、政府が始めた争いで、罪もない普通の人たちが命を、家を、大切なものを奪われていく。この目で見て初めて、その恐ろしさと愚かさを実感した。

また、機銃掃射の飛行機がまっすぐに近づいてきた。道にいたら丸見えだ。ここぞとばかりに狙われる。

みるみる近づいてくる機影を凝視しながら、私は近くの建物に飛び込んで身を隠し、扉の隙間から外の様子を窺った。飛行機が機関銃を発射しながら、真上を飛び過ぎていく。エンジンの轟音と銃撃の音で、一瞬耳が聞こえなくなった。

そのとき、音のない視界の中で、向かいの家からお爺さんが飛び出してくるのが見えた。

私は「危ない！」と叫んだ。でも、エンジン音のせいでお爺さんには届かない。

お爺さんは庭の防空壕に逃げ込もうとしているようだった。

でも、そこに、たくさんの銃弾が飛んできた。

私は見ていることしかできなかった。

まっすぐに飛んできた銃弾が、お爺さんの身体を貫く。真っ赤な血が飛び散った。ぐらりと倒れかけたお爺さんの近くに、今度は爆弾が落ちて、傾いた身体が爆風に吹き飛ばされ、家の壁に打ちつけられる。

それは、ほんの一瞬の出来事だった。飛行機が通り過ぎる、ほんの一瞬。

エンジン音が遠ざかっていくのを確かめてから、私はふらふらと外に出た。

お爺さんは全身を赤く腫らして、壁に貼り付いたままになっている。

両側に真っ赤な炎と真っ黒な煙がもうもうと立ち昇る道の真ん中で、私は呆然と立ち尽くした。

……なんで、こんなことになるの？

この人たちが何をしたの？

ただ生きていただけなのに。

食料も物資も不足する中で、大事な着物や家財道具を売り払ってまで必死に食べ物を掻き集めて命をつないで、ただ懸命に生きていたのに。

どうしてこんなふうに死んでいかなきゃいけないの?

いやだ。いやだ……。

誰か止めてよ。戦争なんかやめてよ。

家を失って、何もかも火事で失って、命まで失って。

そこまでして何が欲しいの?

そこまでして得たものに、どんな価値があるの?

早く気づいてよ。こんなこと無駄だって。

日本でも、アメリカでもいいから、一刻も早く気づいて、どっちでもいいから、『もう戦争はやめよう』って言ってよ。

お願い。早く気づいて。戦争なんてやめてよ。

こんなの、狂ってる。

「狂ってるよ……おかしい……。日本もアメリカも……」

そのとき、ごうごうと燃えていた家から、ドオッと轟音が聞こえた。

視線を向けて、愕然とする。

炎に包まれた家が、こちらに向かって崩れ落ちてくる。それがはっきりと見える。

でも、身体は動かなくて、よけられなかった。視界が真っ赤に染まる。私は目を瞑り、頭を抱え、首を縮め、身体を丸めて、その衝撃に備えた。

鼓膜が破れそうなほどの音と共に、焼け崩れた家の破片が降り注いできた。倒れ伏して、破片の雨が降り止むのをひたすら待つ。

しばらくして音と衝撃が止んだので、私はそろそろと身を起こした。

右脚が熱い。見ると、一部が焼け焦げた柱がぶすぶすと煙を上げながら、私の脚の上に載っていた。次の瞬間にはさらなる衝撃と貫くような痛みが襲ってきた。

太くて重い柱の上に、さらに屋根が崩れ落ちてきたのだ。脚を引き抜こうとしても、それはびくともしなかった。

熱気の嵐に巻かれて、全身が焼けるように痛い。

もう、だめかな。私、死ぬのかな。こんなところで、ひとりぼっちで。

——いやだ。死にたくない。

私は死にたくない。

誰か助けて。誰か。

「……だれか……」

助けて。

両手で顔を覆いながら、私は誰にともなく願った。

痛い。熱い。苦しい。助けて。

「——百合!!」

私の名を呼ぶ声。

その声は、ばちばちと爆ぜる炎の轟音を突き破って、まっすぐに私のもとに届いた。

「百合、どこだ！」

朦朧とする意識の中、私はゆっくりと目を開ける。

視界には、燃え盛る炎だけ。でも、声の主は、すぐに分かった。

「……あ」

声が掠れて、うまくしゃべれない。

でも、言わなきゃ。呼ばなきゃ。

「……き、ら……あきら……」

もう一度、息を吸い込んで。

「……あきらーっ!!」

きれいなはずの夏の青空が、煙と炎で、黒く、赤く染まっている。

汚れてしまった空に向かって、私は叫んだ。

「あきら……彰！　助けて!!」

どす黒く広がっていく煙。真っ赤に蠢く炎。熱のせいで蜃気楼のようにゆらゆらと歪む景色。

その向こうに、小さな人影。

まっすぐこちらに向かってくる。私はその姿に目を凝らした。

お願い、早く来て。ここは怖い。ひとりでは怖い。

「百合……っ」

炎を掻き分けるようにして私の前に立ったのは、待ち望んでいた人――彰だった。

「馬鹿、なんでこんなところに……！」

彰がいつになく焦ったような顔つきで、私の脚に載っている柱をつかむ。分厚い革の手袋をつけてはいるけれど、熱いに違いない。

それでも彰は、迷わず柱を抱え上げ、肩に担いだ。きつく眉根を寄せて歯を食いしばり、肩に載せた柱を持ち上げるようにすると、挟まれていた私の脚の周りに、少しだけ空間ができた。

急いで引き抜く。それを見た彰が安堵のため息をつき、担ぎ上げていた柱を下ろした。

背後から、めきめき、ばきっと音がした。かろうじて残っていた太い梁が焼け崩れていく音だ。

彰は私の腕をぐいっと引いて、その腕に倒れ込んだ私をぎゅっと抱きしめた。

「彰、ありがと……」

彰の胸に顔をうずめ、煙にむせながらお礼を言うと、彰は私の頬に手を当てて上向かせた。真近にある彰の顔は、煤で汚れている。そして、きつく眉根を寄せた険しい表情を浮かべていた。

「百合、なぜ川のほうに逃げなかった！　わざわざ火のひどいところに……」

「だって、鶴屋にこれを届け……」

ずっと胸に抱きしめていた風呂敷包みを指し示すと、彰が「馬鹿！」と怒鳴った。そんなふうに感情を剥き出しにした彰の声を聞いたのは、初めてだった。

「この馬鹿！　命が一番だろう！」

彰が顔をくしゃりと歪めて、私を抱く腕に力を込めた。

私の耳は彰の胸にぎゅっと押し当てられている。彰の心臓の音は、どくどくどく、と激しく暴れていた。きっと走って来てくれたからだ。

「……彰、どうしてここに？」

小さく訊ねると、彰は私の頭に頬をのせて答えた。

「鶴屋に着いたところで、空襲警報が鳴って。ツルさんが泣きそうな顔で、百合をおつかいに行かせてしまったと……」

「……それで、探しに来てくれたの？」

目を上げると、彰の優しい微笑みが私を見つめていた。恐怖のせいではなく、胸がどきりとする。

「当たり前だろう。前に言ったじゃないか。百合は俺の……」

彰が一瞬口を噤んで、それから小さく言った。

「……もうひとりの妹みたいなものだから……」

その言葉を聞いた瞬間、なぜか、どうしようもなく苦しくなった。

「……なんて、言わないで」

妹なんて、言わないで。そう呟いてから、しまった、と思った。

でも、彰は「え?」と首を傾げただけだ。よかった、聞こえなかったんだ、とほっとする。

「なんでもない」

私は首を横に振った。そうしているうちに、隣の家にも火が燃え移り、ちろちろと炎が出はじめた。

「行こう。ここは危険だ」

「うん……」

彰に続いて立ち上がろうとすると、右脚に激痛が走った。

一瞬の痛みが引いても、ずきずきと鈍痛がする。そろりと見てみると、焼け焦げて穴の開いたモンペの隙間から、真っ赤に腫れた肌が見えていた。それほどひどい火傷ではなさそうで安心する。

それでも、立とうと足を動かすと激しく痛んだ。それに気がついたのか、彰が私の脇に腕を差し入れる。

「歩けそうにないな」

「………」

「よし、背中におぶされ」

彰は地面にしゃがみ込み、私の両腕を引いて自分の首に回させた。背負われた形になり、自分の身体が彰の背中に密着しているのが恥ずかしくてたまらなかった。

「い、いいよ、がんばれば歩けるって……」

慌てて下りようとすると、彰はちらりと振り返り、「何を照れているんだ」と噴き出した。

「て、照れてない！」

「顔が赤いぞ」

「馬鹿！」

背中を思いきり叩いてやったけれど、彰は構う様子もなくまた笑った。

「さぁ、行くぞ。急ぐから、落ちないようにしっかりしがみついていろ」

彰は有無を言わさず私を背負い、立ち上がった。私には父親がいなかったから、男の人に背負われるのなんて初めてだった。

彰はすぐに駆け出した。思った以上の揺れで、しっかりつかまっていないと今にも振り落とされそうになる。私は彰の首に腕を回し、ぎゅうっと抱きついた。

広くて、固い背中。この背中にぴったりとくっついていれば、きっと大丈夫。そんな気がした。

この胸の鼓動が、彰の背中に伝わっているに違いない。恥ずかしい。

それでも、私は彰の背中に全身を預けた。

少しでも近づきたかったから。離れたくなかったから。

私を助けるために、火の海の中を探しに来てくれた、この人に。

爆撃の音は、いつの間にか聞こえなくなっていた。そのことに気づいて、やっと少し安堵する。

そのとき私は、「恐ろしい時間がやっと終わった」と思っていた。

でも、本当の恐怖は、それからだった。


鶴屋食堂へと向かう道は火の勢いがものすごく、通れそうにもなかったので、この付近でいちばん大きな川のほうへ向かうことになった。水があるところなら、火事が届いていないはずだから。

その途中で、ほとんどの建物が燃え尽きてすでに火のおさまったあたりを通った。彰の背中にしがみついて、周囲を見渡したとき、全身の血の気がざあっと引いていくのが分かった。

「……な、に、これ……」

それだけしか言えなかった。必死に駆ける彰の耳には、私の声は聞こえなかったようだ。

私は言葉も出せないまま、揺れる景色を呆然と眺めた。

真っ赤に染まった空。真っ黒に焼け崩れた家々。あたり一面に漂う、焦げた臭い。

そして——ごろごろと転がっている焼死体。数え切れないほどの。

赤ちゃんを胸に抱いたまま、兄弟で手を繋いだまま、あるいはたったひとりきりで、動かなくなったたくさんの人たち。

また吐き気が襲ってきた。私はぎゅっと目を瞑り、何も見ず、何も考えないようにした。

でも、いくら視覚を閉ざしても、聴覚と嗅覚は閉ざせない。

何かが燃える音が、鼓膜に貼りついてくる。

何かが焼ける臭いが、鋭く鼻をつく。

私はとうとう彰の背中で、地面のほうに顔を背けて嘔吐した。もちろん気づいただろうけれど、彰は何も言わなかった。

今朝は青菜の切れ端が浮かんだ薄いお粥(かゆ)を食べただけで、胃の中はもう空っぽだ。苦くて酸っぱい胃液しか出て来なかった。

彰は無言のまま川へ向かって走り続ける。

――その途中で、また、信じられない光景を見た。炎に全身を包まれて、苦しみながら転げ回っている男の人だった。

彰はその姿を見た瞬間、

「百合、ちょっと待ってろ」

と言って、私を背中から下ろした。

彰は走りながら上着を脱ぎ、その上着で、男の人の身体にまとわりつく炎を振り払おうとする。でもいっこうに火は消えず、しばらくするとその男の人は、糸の切れた操り人形のようにどさりと地面に崩れ落ちた。苦しげに前に手を伸ばし、その手も力尽きたように地面に落ちる。そのまま、ぴくりとも動かなくなった。

傍らに佇んで彼を見下ろす彰は、私に背を向けていて、その表情は見えなかった。少し経ってから彰は踵を返し、私のもとに戻って来た。

「……行こうか」

力ない声で呟いた彰の顔を、私はじっと見上げる。

疲れたようにゆっくりと口角を上げて、いつもの優しい微笑みを浮かべた彰。その目に、言いようもない悲しみと無力感が滲んでいた。

なぜ、助けられなかったのか。そういう後悔の念に苛(さいな)まれているのが、私には分かった。

この人は、なんて優しい人なんだろう。

優しいから、見ず知らずの他人の苦しみを自分のもののように感じてしまうんだ。そして、それを救えない自分を責めてしまうんだ。

だから、自分を犠牲にしてまで国を、人々を救おうだなんて思ってしまうんだ。

「……彰」

私は掠れた声で囁き、目の前に佇む彰の手をとった。煤で真っ黒になり、火にあぶられて火傷を負った手を。

ついさっき、消えゆく命を救おうと必死に足掻いていたこの手で彰は、自分の命を消すために、特攻機を操縦する訓練をしているのだ。

それが無性に悲しかった。勝手に涙が溢れてきた。

「……百合？」

苦しげな声を聞きながら、彰の手に頬を押し当てる。私の目から溢れた涙が彰の手を伝って、彰を汚していた煤が黒い川になって流れていった。

「……百合は優しい子だな」

彰はそう言って、煤にまみれた私の髪をくしゃりと撫でた。

「……行こうか。もう少しで川に着くよ」

私は再び彰の背中にしがみついた。

川に向かう道には人が溢れていた。怪我や火傷を負った人もたくさんいた。家族とはぐれたのか、道端で泣いている子どももがいた。誰もが自分のことに精一杯で、見向きもしない。

でも、彰は違った。身体を揺らして私を背負いなおすと、泣きじゃくる幼い男の子に手を差し伸べる。

「おいで。ここは危ないから、俺たちと一緒に行こう。川に行けばお父さんやお母さんがいるかもしれないよ」

男の子はわんわん泣きながら彰の手にしがみついた。私を背負い、男の子の手を引いて、彰はまた歩き出した。

川にかかる橋のたもとには、たくさんの人が集まっていた。川の水で渇きを癒やす人、火傷した部分を冷やす人、川の中にうつぶせに倒れて動かなくなった人。
でも、男の子の家族はいないようだった。
付近の火事がおさまるまで川辺で待ち、そのあと私たちは避難場所になってい
る近くの小学校に向かった。鶴屋食堂のあるあたりは火事がひどく、まだ行かな
いほうがいいという噂を聞いたのだ。ツルさんのことが心配でたまらなかったけ
れど、この足では辿り着けそうにもなかった。これ以上彰に負担をかけたくもな
い。

小学校の運動場には、顔に布をかけられた焼死体がたくさん並べられていた。
その布を一枚一枚めくり、家族がいないかを確かめる人が大勢いる。男の子の家
族がその中にいるのかもしれない、とぞっとしたけれど、彰は黙ってそこを素通
りした。
木造の校舎の中に入ってみると、どの教室にも人が溢れている。かろうじて入
れそうな場所を見つけて、私たちはやっと腰を下ろした。

赤ちゃんの泣き声や、顔を寄せ合ってぼそぼそとしゃべる声や、「痛い痛い」とうめく声が響いていた。

しばらくぼんやりと座っていると、向こうから「義雄ちゃん！」と声がした。振り向くと、焼け焦げた服を着たおばさんが目を丸くしてこっちを見ていた。話を聞くと、男の子の近所の人らしい。

見知った顔に会ってさらに泣きじゃくる男の子をおばさんに預け、二言三言交わしてから、彰は戻って来た。

「百合、怪我はどうだ?」

「軽い火傷みたい。だいぶ良くなってきたし、大丈夫」

「そうか……早く手当てをしたほうがいいが、どこも薬が足りていないらしい」

「平気だって。そんなに痛くない」

「そうか?」

彰はまだ心配そうな表情をしていたけれど、その顔に疲れが滲んでいるのが分かって、私は彰の手を引いて座らせた。

「彰、ちょっと休んで」

「うん……ありがとう」

彰は小さく笑い、腕組みをして壁にもたれて目を閉じた。

私は膝を抱えて周りを見る。

血だらけの包帯を腕や足に巻いている人。頭から血を流して気を失ったように眠っている人。全身に火傷を負っている人。変な方向に曲がった足を見つめて、呆然としている人。

見ているだけでも恐ろしかった。私は抱えた膝に顔をうずめた。

どれくらいの時間が経ったのかも分からない。薄目を開けてみると、いつの間にか真っ暗になっていた。

「……彰」

顔を上げて無意識に小さく呼びかけると、うとうとしていたらしい彰がゆっくりと目を開けた。

「百合、少し寝たほうがいい」

「うん……ごめんね、起こしちゃった？」

「大丈夫だよ」

彰が私の肩を抱き、自分のほうに引き寄せた。彰の胸にもたれ、目を閉じる。すごく疲れているはずなのに、全然眠れそうになかった。

瞼の裏に、今日見た空襲の光景が浮かび上がる。燃え盛る炎。焼け崩れる家。死んでしまった女の子。数え切れないほどの死体。

私は目を開けた。瞼を閉じるのが怖かった。目を瞑ると、見たくないものが見えてしまう。

でも、目を開けていても、怖いものからは逃れられなかった。暗闇の中にうっすらと浮かび上がる、ぎゅうぎゅう詰めの人々。あぁ、とか、うぅ、とか、苦しげな呻き声があちこちから聞こえる。

「いたぁい、いたぁい……」

「お父さん、お母さん……」

「苦しい……」

「熱い、痛い、水をくれ……」

「みず、みず……」

でも、ここには、傷につける薬も、死にかけの人に飲ませてあげる一杯の水さえ、ない。なんにもない。

呻き声が重なり合って、とぐろを巻いたように歪んで、空間を満たしていく。

もう、聞きたくない。

私は目を見開いて闇を睨んだまま、両手で耳を塞いだ。

——地獄だ。

なんの罪もない人々が、無差別に傷つけられ、苦しめられ、死んでいく。こんなの、地獄だ。

もう涙も出なかった。私は瞬きもせずに、微動だにせずに闇を睨みつづけた。

「……百合？」

彰が私の名を呼ぶ。

でも私は何も答えなかった。呼ばれていることは分かったけれど、声は出せず、まったく動けなかった。

「百合、大丈夫か？」

「…………」

「おい、百合」

「…………」

「百合！」

彰が鋭く叫び、私の頬を軽く叩いた。はっと視線を向けると、彰が切羽詰まった表情で私を見ていた。

「しっかりしろ、百合」

「……あきら」

彰が私の両手をつかんだ。

そのとき初めて私は、自分の手が信じられないほどに大きく震えているのに気がついた。肩も足も、がたがたと音を立てるくらいに震えていた。

「寒いのか、百合」

彰はそう言って上着を脱ぎ、私の身体にかけてくれた。彰の温もりと匂いにふわりと包まれると、不思議と少しずつ震えがおさまってくる。

「……違う。寒いんじゃない……」

私は小さく答える。

「……いやなの。こんなのもう、いやなの。どうして、こんな目に遭わなきゃいけないの？　みんな……誰も、何もしてないのに……。いやだよ、いやだよ……。もう、こんな世界、いやだ。帰りたい……」

震える声で言うと、彰が私をぎゅっと抱きしめた。

「もう少しの辛抱だよ、百合」

低く優しい声が耳許で囁く。

「俺たちがきっと戦争を終わらせてやる。少しでも日本に有利に終わらせてみせる。そうしたら、必ず平和な時代が来るよ。百合を怖がらせるものは、なんにもなくなる。俺は、そのためなら、命も惜しくない」

――違う、そんなことを言ってほしいんじゃない。そんなことをしてほしいんじゃない。

それなのに、彰の声があんまり優しいから、喉が絞られるように痛んで、私は何も言えなかった。

「俺が、ついているから……」

彰が私をさらに強く抱き寄せる。

「俺がいるから……」

彰の温もりに包まれて、涙腺がじわりと緩んだ。熱い涙が頬を伝う。

彰が安心させるように私の背中を撫でてくれた。何度も、何度も。心地よさに、私はゆっくりと瞼を下ろす。

彰の胸に押し当てた瞼の裏には、もう恐ろしい光景は見えなかった。

彰の腕に包まれた耳には、苦しげな呻き声も届かなかった。

「百合、百合、眠れ……」

優しい声とあたたかな体温に包まれながら、私はやっと眠りについた。

どんな夜にも、必ず朝は来る。

たとえ地獄のように残酷な、悪夢のように悲惨な夜であっても。

猛火の夜が明けると、不思議なほどに明るく美しい朝がやって来た。

窓から射し込む朝陽に目を開けると、彰が隣で「おはよう」と微笑んでくれた。

「おはよ……彰」

「起きられるか？」

「うん」

身を起こして周りを見てみると、やっぱり怪我に苦しむ人が溢れていたけれど、消防団と軍からの救援物資や、被害を免れた人の援助が少しずつ届きはじめて、昨夜よりは空気が柔らかくなっていた。

「夜のうちに火もおさまったらしい。今ならたぶん鶴屋食堂に帰れるだろうが、どうする?」

「うん、帰る。ツルさんが心配だから」

小学校を出た途端、彰と私は呆然と足を止めた。

「……なんだ、これは」

彰が掠れた声で呟く。

「……ひどい……」

私はそう言って思わず彰の袖をつかんだ。

町の景色は一変していた。私たちの知っている町は、もうそこにはなかった。

焼け野原、とはこういうことを言うんだろうか。見渡す限り、黒く焦げた瓦礫の山。どこまでも、どこまでも続く焼け跡。見えるはずのない遠くの景色まで見える。遠い遠い街の建物が、遥か向こうで朝靄に霞んでいた。

私たちは口もきかずにゆっくりと歩き出した。

焼け崩れた家々。焼け焦げた死体もまだ残っていて、町の人たちがその死体を焼け焦げたトタン屋根に載せ、針金をつけてずるずる引きずりながら運んでいた。ところどころ、まだ煙の出ている場所もあった。焦げた匂いがあたりに充満している。

地獄はまだ終わっていないんだ、と思った。

ツルさんは大丈夫だろうか。千代は怪我をしたりしていないだろうか。基地の隊員さんたちも無事だろうか。不安ばかりが膨れ上がって、私は力なく俯く。

すると彰が「百合」と囁いて、そっと私の手をとった。そのまま、彰の手のひらにぎゅっと包まれる。それだけで、震えかけていた心が落ち着きを取り戻した。

彰の手には不思議な力がある。

その手に触れていると、私の心はまるで優しい繭の中で守られているかのように安らぎ、落ち着いていく。

この前ふたりで出かけたときも、昨日も、そうだった。

そして、今日もそうだ。

彰に触れられるだけで、波立っていた私の心はすっと静まって、ほのかな火が灯ったようにあたたかくなる。

彰が傍にいてくれたら、怖がりで泣き虫な私の心は、きっともっと強くなれる。

だから、ずっと一緒にいてよ、彰。

……そんなこと、言えるわけがなかった。

私たちは手をつないで、鶴屋食堂までの道を歩いた。

不幸中の幸いで、鶴屋食堂のあたりには火事が及んでいなかった。ツルさんの家も無事だった。

「百合ちゃん！　無事でよかった……！」

「ツルさんも……」

店から飛び出して来たツルさんが、ぎゅうっと私を抱きしめる。

そのあと、真っ黒になっているであろう私の顔を見て、「火に巻き込まれたのかい？」と眉を寄せた。

「うん、途中でちょっと……でも、彰が助けてくれたから大丈夫だった」

私がそう言うと、ツルさんは彰に何度も頭を下げた。

「ありがとうねえ、佐久間さん」

「いえ、そんな……百合は俺にとっては妹みたいなものだから」

また、『妹』。少しむっとしていると、ツルさんが私の肩に手を置いた。

「怖かっただろ、ごめんねえ……」

「えっ、なんでツルさんが謝るの？」

「私がおつかいなんか頼んだから……」

私は慌てて「そんなことない！」と首を振った。

そして、はっとした。いつの間にか、お米の入った風呂敷包みがなくなっていたのだ。

彰に助けられたときには、まだたしかに持っていた。彰に背負われたときも、一度風呂敷をほどいてきちんと身体に巻きつけておいたはず。でも、そこから先は、どうだっただろう。

火の海の中を移動しているとき、私は周りの恐ろしい光景に目を奪われて、お米のことをすっかり忘れてしまっていた。小学校ではどうだった、と考えてみても、地獄のような凄惨な状況で混乱して、包みを持っていたかどうかなんて、まったく覚えていない。

「……ごめん、ツルさん、お米……」

私は泣きそうな声でツルさんに謝った。申し訳なくて仕方がない。ツルさんの大事な着物と交換した、大切なお米だったのに。

でもツルさんは、優しく笑って首を横に振った。

「何言ってるの。この際、お米なんてどうでもいいよ。百合ちゃんの命が助かったことに比べたら、どうだって……」

震える声で言ったツルさんが、ぽろりと涙をこぼしたのを見て、私も思わず泣き出してしまった。

「ごめん、ごめんねツルさん……」

「百合ちゃんに何かあったら、親御さんに申し訳が立たないよ……」

七十年後の世界にいるはずのお母さんの顔が浮かんだ。

喧嘩ばっかりしていたけれど、私のことを娘じゃないと言っていたけれど。急にいなくなった私のことを、心配してくれているだろうか。

私はもう、あの時代には帰れないんだろうか。最近はこっちの時代のことで頭が一杯で、とにかく生き抜くことに必死で、帰りたいと考えることも少なくなっていた。

でも、お母さんのことを思い出すと、急に、そして無性に懐かしくなった。

今頃、どうしているんだろう。

私をひとりで産み育ててくれたお母さん。

私のために泣いてくれるツルさん。

私を命懸けで助けてくれた彰。

頭がぐちゃぐちゃになりそうだ。

未来に帰りたいのか、ここに残りたいのか、自分でもよく分からなかった。

✶✶ 星空の彼方

空襲で焼かれた町は、ひっそりと静まり返っていた。

あの日から一週間近くが経ったけれど、充分な物資もなく、復興など夢のまた夢、という状態だった。

とにかく誰もが、飢え死にせずに生活するだけで精一杯だった。

私も、ときどき空襲の夢を見て、真っ赤な炎や死にゆく人々の映像にうなされながら、なんとか日々を過ごしていた。

「……ちょうど家族みんな留守にしてたもんで、命だけは助かったけどねえ。着物も家財道具も通帳も、ご先祖様のお位牌(いはい)も、何もかも焼かれちまったよ」

家を火事で失った常連客のおじさんが店にやって来て、途方に暮れたような顔でツルさんに話している。ツルさんは「なんて言ったらいいか……」と顔を曇らせた。

「まあ、嘆いたってしょうがないよ。とにかく、通帳の再発行にも何ヶ月かかるか分からないって言われちまったからね、すぐに家を建て直すってわけにもいかないって。住むところもないからね、家内の実家に疎開することにしたよ」

「あら、そうですか。寂しくなりますねえ……」

「本当だよ、何十年も暮らした町だからね、離れがたいけど、仕方ないね……」

おじさんは力なく笑いながら、そんなことを言った。

こんなにも理不尽な目に遭ったというのに、何もかも『仕方ない』で済ませてしまう。そんなの、受け入れちゃいけないのに、どうして怒らないの、と思う。

この時代の人たちは、とにかくなんでも『仕方がない』という言葉で、黙って受け入れてしまう。家を失っても、大事なものを焼かれても、家族の命を奪われても。

死んでしまった家族の前で涙を流して嘆く人はたくさんいたけれど、理不尽すぎる仕打ちに憤る人はひとりも見なかった。

本当に、そう思っているのだろうか。『仕方がない』って？　大事な人の命が奪われたのに？

私にはどうしても理解できなかった。

特攻隊に志願した、彰たちの気持ちも。

自分の命を『国のため』に犠牲にしなければならないことを、『仕方がない』で済ますどころか、誇らしいとさえ考えているらしい彼らの気持ちが、理解できなかった。

そんなことをぼんやりと考えているうちに、最後の挨拶に来てくれた常連のおじさんが席を立った。

「百合ちゃんも元気でなあ」

「はい。あの……お気をつけて」

「うん、ありがとねえ」

手を振りながら去って行く後ろ姿を、ツルさんと並んで店の外で見送った。

「……どんどん人が減っていくね」

すっかり寂しくなってしまった町を見ながら、私は小さく呟いた。ツルさんが「そうだねえ」と悲しげに笑って頷く。

「まあ、仕方ないよ」

空襲で家を失った人のほとんどは、建て直すお金もなくしてしまって、田舎の親戚の家などへ移り住んでいった。基地や武器工場などがなく、人家も少ない田舎のほうは空襲の標的になりにくく、そういうところに逃げることを『疎開』というらしい。

それならみんな疎開すればいいのに、と私は思うけれど、慣れ親しんだ土地を出て、たくさんの友人と離れて、仕事があるかも分からない田舎に引っ越すというのは、なかなか決心のつかないことだ。だからみんな、空襲の不安と闘いながらも、その場所に住み続けていたのだ。

そして、とうとう空襲を受けて、運悪く家を失ってしまった人は、仕方なく一時的にほかの土地へ移り住んでいく。「いつか必ずここに戻って来る」と言いながら。

おじさんが帰ったあとの食卓を拭いていると、表が騒がしくなった。今日は基地の訓練休みの日だ。彰たちが来たのだと思って、私は外に飛び出した。

「彰！　いらっしゃい」

笑顔で迎えると、彰と石丸さんが同時に私の頭を撫でた。

「こんにちは、百合」

「百合ちゃん、彰だけに挨拶なんて、ずるいぞー」

石丸さんが子どものように唇を尖らせたので、私は思わず噴き出してしまった。

「ごめん石丸さん、いらっしゃい。ほかのみんなも」

「なんだよ、俺らはおまけか」

「あはは、違うって」

私たちは笑い合いながら店の中に入った。彰たち五人がいつもの席に座る。ツルさんが料理を皿に取り分けるのを手伝いながら、彼らの様子をちらりと見た私は、何かが変だとすぐに気づいた。

彰たちはいつものように談笑している。でも、何かがいつもと違った。まとう雰囲気が、明らかに違った。

どきどきと心臓が激しく暴れる。いやな予感がした。

石丸さんがふざけて、板倉さんがからかわれて怒った顔をして、加藤さんが仲裁をして、彰がそれを見て明るく笑って、寺岡さんは穏やかに見守っている。いつもの光景。でも、何かが決定的におかしかった。

ふいに会話が途切れたとき、笑みを浮かべたまま水の入った湯呑みをじっと見つめる寺岡さん。

ずっと俯いて動かない板倉さん。

天井をじっと見つめる加藤さん。

いつもの微笑みで、ただ黙って店内を見渡す彰。

そんな彼らを見て、石丸さんがまた何か茶化すようなことを言うと、みんなが一斉に視線を戻して笑った。

そんな様子を見ていて、私の不安は急速に膨れ上がった。

何かあったんだ。でも、いったい何が。まさか。

私は必死で何食わぬ顔を作り、いつものように食事を運んだ。

でも、私の予感は、的中してしまった。

食事を終えたとき、彰たちがゆっくりと立ち上がり、ツルさんと私の前で姿勢を正した。

「――出撃命令が出ました。三日後の十三時です」

彰の静かな言葉を聞いた瞬間、衝撃が私を襲った。

鈍器で頭を殴られたような衝撃だった。

硬直する私の横で、ツルさんは小さく細い声で、

「おめでとうございます」

と頭を下げた。

彰たちは「ありがとうございます」と敬礼をした。

……何言ってんの？　出撃命令でしょ？　三日後の十三時に死にに行け、ってことでしょ？　なんで、「おめでとう」、「ありがとう」なの？

俯いた私は、自分の右手がぶるぶると震えているのに気がついて、ぱっと左手で抑えた。でも、左手も同じくらい震えていたので、なんの意味もなかった。吐きそうだった。私は震える両手で口許を押さえ、何も言わずに店の外に飛び出した。

「百合！」

彰の声を背中で聞く。私は無視して速度を速めた。

でも、すぐに追いつかれる。

「百合、百合……」

彰が私の手首をつかんで、ぐいっと引き戻す。私はその手を振り払い、俯いて両手で顔を隠した。

「……っ、見ないで」

ひどい顔をしているのは分かっていた。

「ごめん、ちょっと、ひとりにして。あたま、整理したい……」

彰と一緒にいたら、言ってはいけないことを、言っても仕方がないことを、彼にぶつけてしまいそうだった。

私は彰の顔を見ずに「ひとりにして」と繰り返す。彰が小さく息を吐いた。

「……分かった。遠くには行くなよ」

彰の手が私の頭をくしゃりと撫でた。

私はこくりと頷き、彰の顔を見られないまま、ゆっくりと歩き出した。

近くの空き地の片隅にしゃがみ込み、私は膝を抱えた。

三日後の十三時、出撃。三日後の今頃には、彰たちはもう――。

頭の中をいろんな感情がぐるぐる駆け巡って、まったく考えがまとまらなかった。

数日後に確実に死ぬということが分かっているなんて、異常だ。そんな異常な状態に置かれている人たちに、どんな顔をして向き合えばいい？

「おめでとう」なんて、言えるわけない。

この時代の人たちは、軍隊への召集令状が届くと、その人を祝福する。どうしてだろう。理解できない。戦場に行って死ぬかもしれないのに、どうして「おめでとう」なんて言うのか。

特攻することが決まった人にも「おめでとう」を言うのか。

だめだ。嘘でも絶対に言えない。『お国のために死ねておめでとう』、なんて言えるわけがない。

私が心から彰に言いたい言葉は。

地面を見つめたり、空を仰いだり、焼け焦げた町を眺めたりしながら、私はずいぶん長い時間そこに座っていた。

足下の地面を蟻（あり）たちが行列になって歩いていた。

戦争をしている国の、空襲で焼かれた町でも、小さな生き物の営みは平和な現代と変わらないのだ。

そんなことをぼんやりと考えていて、ふと気がつくと、いつの間にかあたりは青みがかった薄闇に覆われはじめていた。

そろそろ帰らないと、きっとツルさんが心配している。

そう思ってゆっくりと立ち上がったとき、向こうからばたばたと慌ただしい足音が聞こえてきた。彰の足音だと、すぐに分かった。

反射的に顔を上げると、彰はきょろきょろとあたりを見回しながら駆けている。

「彰」

思わず声をかけると、彰がぱっとこちらを向いた。

「百合、ここにいたのか！　板倉を見なかったか!?」

いつになく焦った様子の彰に、珍しいなと思いながら、私は「見てない」と首を振った。

「そうか……」

彰は呟いて、また目線を巡らせた。

「板倉さんがどうかしたの？」

首を傾げて訊ねると、彰は一瞬、悩むように俯いてから、声を潜めて答えた。

「……板倉が、消えた。どこにもいない。なんの伝言も書き置きもなく……」

「え……うそ、なんで？」

「分からない」

彰は眉根を寄せて首を小さく振った。

「私も探す」

私がきっぱりと言うと、彰は驚いたように目を見開いた。

「もう遅いから危ないぞ」

「でも……早く見つけなきゃいけないんでしょ?」

「それは、まあ……上官に知られる前に探し出したいが……」

「じゃ、急がなきゃ。私、向こうに行ってみる。彰はそっち探して」

私は彰の返事も聞かずに駆け出した。


「――板倉さん!」

探しはじめてしばらく経った頃、町外れの道をとぼとぼと歩く背中を見つけて、私は後ろから声をかけた。

板倉さんはゆっくりと振り向いたあと、私の姿に気づくと、急に我に返ったように走り出した。

でも、私はすぐに追いつけた。板倉さんの足どりは、それくらい覚束(おぼつか)ないものだった。

「板倉さん……大丈夫？」

板倉さんの顔色があまりに悪いので、私は心配になって訊ねた。

「……ゆり、ちゃん」

板倉さんの顔がくしゃりと歪む。

「……見逃してくれ！」

板倉さんは唐突にそう叫び、道の真ん中で土下座をした。

「頼む、お願いだ、どうか見逃してくれ！　俺は……行きたくない……」

「え……？」

呆然とする私に向かって、板倉さんは青ざめた顔に脂汗を浮かべ、必死に懇願する。

「……死にたくないんだ……っ」

死にたくない。

その言葉を聞いた瞬間、今まで心にかかっていた靄が、一気に晴れたような気がした。

そうだ。そうだよね。やっぱり、そうなんだ。

死にたくないんだ。当たり前だ。誰だって、死にたくなんかない。

空襲から必死で逃れようとした町の人たちも、特攻隊の人たちも、おんなじだ。だって、人間だから。自分の意志とは関係なしに命を奪われてもいい人なんて、いるわけがない。

私は地面に膝をついている板倉さんの前にしゃがみ込んだ。地をつかむ板倉さんの拳が、かたかたと小刻みに震えている。

「……べつに、私は捕まえに来たりしたわけじゃないよ。見逃すとか見逃さないとか、そんなこと言える立場じゃないし。ただ、板倉さんが急にいなくなったっていうから、心配になって探してただけ」

私がそう囁くと、板倉さんがぼんやりと顔を上げた。

うつろだった瞳が、少しずつ焦点を結びはじめる。板倉さんのこめかみから流れた汗が、ぽた、と地面に落ちた。

「……み、見逃してくれるのか」

まるで幽霊にでも遭ったかのように、信じられないというような表情で板倉さんが言う。

べつに私が言ったことは、そんなに驚かれるようなことではない。『三日後に死ね』という理不尽な命令を受けた人が『死にたくない』と願ったことを、当然のことだと認めただけだ。

それなのに板倉さんは、私の言葉に耳を疑っている。

そんなの、悲しすぎる。

誰にだって、自分の意志で生きる権利があるのに。

誰にだって、生きたいと願う権利があるのに。

この時代では、そんな当然の権利も認められていないんだ。

私は立ち上がり、板倉さんの手を引っ張った。

板倉さんがよろりと腰を上げた、そのとき。

「──板倉！」

向こうから彰が走ってきた。それに気づいた瞬間、板倉さんの顔が、ざあっと青ざめる。『見つかってしまった』という絶望感が伝わってきた。

背中を丸めて前屈みに佇む板倉さんの前に、ぴんと背筋の伸びた彰が立つ。

私は思わず彰の顔を窺った。その表情も目つきもひどく静かで、なんの感情も読み取れなかった。

まさか、とは思うけれど、このまま板倉さんを力ずくで無理やり連れ戻してしまうんじゃないか、という不安に襲われた。彰がそんな無情なことをする人だとは思えないけれど、でも、軍隊というのは、きっと逃げ出したりすることは許されないところだ。仲間が逃亡したら連れ戻すのが軍人の務め、と考えられているに違いない。

ひと一倍責任感と使命感の強い彰は、板倉さんを連れ戻すのが自分の義務だ、と思うかもしれない。

「彰……あのね」

私が思わず声をあげると、彰はちらりと一瞥して、静かに首を横に振った。

何も言うな、ということだろうか。私は悔しさに唇を噛む。

すると彰の目がわずかに細められて、微かに笑みを浮かべたような気がした。

あれ、と思ったときにはもう、彰は板倉さんに向き直っていた。

「板倉」

「……っ、佐久間さん……」

掠れた声で呟いた板倉さんが、突然、彰にすがりついた。彰はパッと両手を差し出し、よろめく板倉さんの身体を支える。

「佐久間さん、佐久間さん！　どうか……どうか見逃してください！」

板倉さんは今にも泣き出しそうな顔で叫んだ。

「俺は、俺は……まだ死にたくない！　やり残したことがあるんです！」

板倉さんの叫びを聞いた瞬間、私はふいに思い出した。

板倉さんは、十七歳だ。

現代で言えば、高校二年生。私と三つしか違わないのだ。

たったの十七歳で、高校二年生の年で、『国のため国民のために死ね』という絶対の命令を受けるなんて。そんなの、『はい、分かりました』なんて受け入れられるわけがない。やり残したことがあって当然だ。

だって、まだ、たったの十七年しか生きてないんだから。人生の半分の半分も生きてないんだから。

――特攻なんて、やっぱり、不条理だ。どう考えたっておかしい。

やりきれない怒りが湧き上がってきたところで、板倉さんが言葉を続けた。

「佐久間さん、俺……故郷に、帰りたいんです。故郷に残してきた許婚（いいなづけ）がいるんです」

彰が少し目を見開く。

板倉さんは彰の胸許にすがりつき、俯いて語りはじめた。

「……幼なじみなんです。彼女の家族は空襲でみんな亡くなってしまって……。彼女も命だけは助かったものの、脚に大怪我をして、もう一生もと通りには歩けないと医者に言われました。彼女は、こんな身体では結婚もできないと……。でも、俺にはそんなことなど関係なかった。どんな身体だろうと、彼女と結婚できるならいいと、求婚しました。彼女は泣いて喜んでくれて……。でも、そんな矢先に赤紙が来たんです」

板倉さんは苦しげに眉根を寄せた。そして一度息を吸い込んで、続ける。

「俺は、必ず生きて帰ってくるから信じて待っていろ、と彼女に言いました。ひとりきりで残されることになった彼女は、ひどく心細そうな顔をして、でも、信じていますと言ってくれました。出征の日、杖をつきながらうまく動かない足で必死に歩いて、駅まで見送りに来てくれました。その頼りない姿を見て、俺は、何がなんでも生き抜いてやる、と自分に誓ったんです」

彰はやっぱり何も言わない。ただただ静かな眼差しで、板倉さんの目をじっと見つめている。

「……特攻に志願したこと、後悔しています」

板倉さんがきっぱりと言った。

後悔、という言葉が、重く私の心にのしかかる。

「俺は絶対に、特攻なんかしたくなかった。死にたくなかった。でも、周りの仲間たちがみな手を挙げて……。ひとりだけ挙げていない俺を、上官が恐ろしい目つきで睨んできた。志願しなければどんな目に遭うか、と思うとぞっとして……俺は手を挙げてしまった」

板倉さんは苦しげに呻いた。

「……自分の弱さに嫌気が差します。なんであのとき、周りに流されてしまったのか、拒む勇気が持てなかったのかと、吐くほど後悔しました。一度は、こうなったらもう仕方がないと諦めましたが……、それでも俺は……」

板倉さんのまっすぐな目が、驚くほどの強さで彰を見上げた。

「俺は、死ねないんだ。彼女のために。彼女には俺しかいないんです。俺が生きて帰らなければ彼女は、戦争のせいで不自由になった身体を抱えて、この苦しい世の中を、たったひとりで生きていかなければならなくなってしまう。だから、俺は、帰らなければ……帰らなければならないんです」

板倉さんの決然とした表情に、私は胸を打たれた。

誰かのために生きる、という強い覚悟。

板倉さんは、『死にたくない』んじゃない。『生きたい』んだ。

生きなきゃいけないんだ。愛する人のために。

たとえ自分がどんなに責められても、罵倒されても、軽蔑されることになっても、愛する人のために生き抜くと、板倉さんは決めたんだ。

それは、間違いなく、とても尊いことだと思った。

私は彰の顔を見上げる。無表情だった彰の顔が、ふわりと緩んだ。

そして、静かに呟く。

「……行け、板倉」

彰の言葉を、板倉さんは呆然とした表情で聞いていた。

「え……佐久間さん……」

「行け。お前は生きろ」

彰は有無を言わさぬ強さで言い、板倉さんの背中を押した。

まだ信じられないような表情で振り返る板倉さんに、彰がゆったりと微笑みかけた。

「俺が、ふたり分の戦果をあげてやる。お前の分まで、俺はやる。だからお前は……守るべき者を守れ。お前は、生きて守れ」

瞬間、板倉さんの目に涙が溢れた。板倉さんは彰に向き直り、深く項垂(うなだ)れて、

「ありがとうございます、ありがとうございます……！」

と何度も言った。

彰は微笑んだまま、「ほら、早く行け」と言った。

それを見ながら私は、『生きて守れ』と言った彰の言葉を反芻していた。

『お前は』生きて守れ。

『俺は』、死んで、守るから。

——彰の言葉の裏には、そんな含みがある気がした。

それが、悲しくて、切なくて、たまらなかった。

死んで守るなんて、間違ってるよ。

ねえ、彰、気づいてよ……。死んじゃだめだよ。死なないでよ。

そのとき、向こうから複数の足音が聞こえてきた。見ると、石丸さんを先頭に、寺岡さんと加藤さんが駆けてくるところだった。彰の隊の仲間が集まったのだ。

「板倉、お前……」

加藤さんが苦々しい顔で呻いた。

「お前、……逃げるのか」

加藤さんの低い声に、板倉さんは一瞬目を伏せたけれど、すぐに顔を上げて、まっすぐに見つめ返した。

「はい。俺は、逃げます」

きっぱりとした答え。

加藤さんがカッとしたように「お前！」と叫び、板倉さんの胸ぐらをつかんだ。

「恥ずかしいと思わないのか！」

板倉さんは苦しそうに顔をしかめた。加藤さんがさらに詰め寄る。

「お国のために、天皇陛下のために、俺たちは崇高な役目を任されたんだぞ！こんなにも誇らしいことがあるか!?　敵前逃亡など、帝国軍人の風上にも、日本男児の風上にも置けん！」

その言葉は、あまりにもまっすぐだった。加藤さんは、本気でそう思っているんだろうか。

　板倉さんの『生きたい』という秘めた思いを聞いた今となっては、お国のために死ぬことを『崇高』だとか『誇り』だとか言う加藤さんの言葉は、本当に本心からのものなのか、疑いたくなる。

　加藤さんの鋭い視線を受け止めていた板倉さんは、しばらくしてから、ふ、と苦い笑みを浮かべた。

「……国だと？　帝国軍人だと？　いったいなんなんだよ、それは」

　低く押し殺したような呟きは、それでも、私の耳にはしっかりと届いた。

「崇高な役目？　誇らしい？　国のために死ぬことが？」

　板倉さんはどこか自嘲的な調子で続ける。

「誰がこんな戦争を始めたんだ？　なぜこんな戦争を始めたんだ？　俺は故郷に帰りたい……。そして、愛する者と共に、生きられるかぎり生きていきたい。俺は悔しいんだよ。なぜ俺たちが死ななければならないんだ」

　板倉さんの声に怒りが滲んでいた。

「故郷から遠く離れた地で犬死にするなんて……。俺たちがいったい何をした！　なぜ生きてはいけないんだ！」

悲痛な叫びが、夕暮れの薄闇の中に響き渡った。

寺岡さんと石丸さんは、眉根を寄せて俯く。彰は表情の読めない顔つきで板倉さんを見つめていた。

加藤さんが目を怒らせて板倉さんを睨む。

「……愛する者だと？　女か？」

板倉さんは黙って見つめ返した。それを肯定ととったのか、加藤さんの怒りが爆発する。

「お前、女にうつつを抜かして、敵前逃亡するのか！　なんという情けない……生き恥だぞ！　それでも日本男児か!?　大和魂をどこに忘れてきた!?」

加藤さんが激情に任せて怒鳴り、板倉さんに殴りかかりそうな勢いで激しく詰め寄った。その身体を、寺岡さんが即座に抑える。

「もうやめろ、加藤」

低く小さいのに、驚くほどよく通る声。加藤さんははっとしたように振り返った。

寺岡さんは、それ以上何も言わずに、静かに首を左右に振る。加藤さんがゆっくりと板倉さんをつかんでいた手を離した。

気まずい沈黙が流れる。

「……生き恥って、なに？」

私はほとんど無意識のうちに呟いた。

「生き恥って、なんなの？　生きてるのが恥ずかしい、ってこと？」

みんなの視線が一斉に突き刺さる。私は一度唇を噛んで、また口を開いた。

「そんなはずない……。そんなのおかしい。生きたいと願うのは、恥ずかしいことなんかじゃない！」

一度溢れ出した言葉は、もう自分の力では止められなかった。

「生き恥なんて言葉、使わないで！　生きたいって思う人を否定する権利なんて、誰にもない！　生きようとする人を止める権利なんて、誰にもない！」

加藤さんが驚いたように目を丸くしていた。そして何か言おうと口を開いたけれど、私はそれを遮る。私にはまだ言うべきことがあった。

「板倉さんは生きたいの。愛する人のために生きたいの。それの何がいけないことなの？」

とめどなく涙が溢れてきた。

「板倉さんを止める権利なんて、誰にもない。お願いだから、何も言わずに、板倉さんを行かせてあげて……」

視界がくしゃくしゃに歪んで、もう誰の顔も見えない。

「百合ちゃん……」

板倉さんの声が聞こえた。その声のほうに向かって、私は必死に言う。

「板倉さん、早く帰ってあげてよ。婚約者さん、きっとずっと心細い思いしてるよ。だって、家族もいないんでしょ？　たったひとりで、空襲に怯えながら暮らしてるんでしょ？　そんなの悲しいよ……寂しいよ。板倉さん、一緒にいてあげなきゃ」

板倉さんの恋人の気持ちを考えたら、私は居ても立ってもいられなかった。こんなに恐ろしい世の中で、たったひとりで暮らすなんて、私だったら絶対に耐えられない。

本当は、ほかのみんなにも、そう言いたかった。

寺岡さん。きれいな奥さんとかわいい赤ちゃんがいるんでしょ？　帰ってあげてよ。自分の娘をその腕で抱きしめてあげてよ。

加藤さん。教え子たちはきっと、熱血で暑苦しいけど、生徒思いで優しい先生の帰りを待ってるよ。命を懸けて子どもたちを守るより、命の大切さを教えてあげてよ。

石丸さん。あなたの家族は、明るくて楽しいあなたの笑顔をまた見たいと思ってるに決まってる。

そして、彰。大事な妹さんに、顔を見せてあげてよ。もうひとりの妹だって、あなたのことが――。

私の心は、言えない言葉でいっぱいだった。溢れた思いが涙になってぽろぽろと頬を伝う。

そのとき急に、私の身体はあたたかいものに包まれた。

「……百合、もう泣くな」

彰の声が、すぐ耳許で聞こえる。

心地よい彰の温もりに包まれると、私の喉から嗚咽が洩れた。

彰は私の頭を何度も撫でて、私を抱きしめたまま、「板倉」と呟いた。

「早く、行け。お前を待つ者がいるところに、お前を必要としている者がいるところに、帰れ。俺は止めないよ」

今度は加藤さんも何も言わなかった。寺岡さんと石丸さんは、板倉さんを見て小さく頷く。

板倉さんは目に涙を浮かべ、くしゃりと顔を歪めた。

「すみません、すみません……許してください」

項垂れて何度も謝る板倉さんの肩を、寺岡さんがぽんぽん、と叩いた。

彰が微笑みを浮かべて、柔らかい声で囁く。

「行け、板倉。行って……俺たちの分まで生きてくれ」

板倉さんは走り出した。堪えきれないように嗚咽を洩らし、抑えきれない涙を流しながら。

彰たちは夕陽を背に受け、ただ黙ってその後ろ姿を見送っていた。

青い影が地面に長く伸びていた。


板倉さんの姿が見えなくなると、寺岡さんたちは基地に戻って行った。

彰だけは残って、私を鶴屋食堂に送ると言ってくれた。

いつの間にか、町はすっかり暗くなっている。彰と並んで歩きながら、私は口を開いた。

「……ねえ、彰」

「うん？」

立ち止まり、彰を見上げる。

「……あの丘に、行きたい」

「あの丘って、百合の花の？」

「うん……あそこに行って、ちょっと話したい」

彰は頷いて、「暗くて足許が危ないから」と私の手をとって歩き出した。

あたたかい手。心臓がとくとくと鼓動を早めるのを感じた。

「百合？　どうした？」

彰が振り向く。

薄闇の中に浮かび上がる、彰の顔。優しい瞳が私を見つめている。

どきりとする。さっき彰に抱きしめられた温もりを思い出した。そして、空襲のとき、恐ろしさのあまり寝られなかった私を抱きしめ、眠りにつくまで背中を撫でてくれていたこと。

そんなことを思いながら、私は「なんでもない」と答えて歩き出した。

頂上に近づくにつれ、百合の花の甘い香りが漂ってくる。

丘の上に立って町を見下ろして、私は「わ……真っ暗」と呟いた。

町は闇に沈んで、どこに人家があるのかも分からないくらいだった。

「灯火管制があるからな。どこの家も明かりを消している」

彰は私の隣に立って、町を見下ろしながら応えた。

空襲で焼かれたばかりの明かりもない町は、しんと静まり返って、まるで廃墟のようだった。それを悲しく思いながら、私はしばらく町を眺めていた。

そのとき、急に視界がなくなった。

「え……っ、ちょっと」

彰が後ろから手を伸ばして私の目を塞いだのだと気づいて、私は戸惑いながら身をよじる。

すると彰は、両手を私の目に当てたまま、ゆっくりと私の顔を仰向かせた。

「何するの、彰……」

胸が早鐘を打つのを感じながら、ちょっと怒った声で言うと、

「百合、見てごらん」

彰が笑いを含んだ声で言いながら、ぱっと手を離した。

その瞬間。

「……うわ……っ」

私は思わず叫んだ。

「何これ、すごい……」

頭上に、満天の星が広がっていた。

深い藍色の空を隙間なく埋め尽くす、星、星、星。

きらめく宝石のような大きな星から、銀の粉のような小さな星まで、数え切れないほどの星が輝いていた。

私が知っている夜空とは、星の明るさもその数も、圧倒的に違っている。

「すごい、こんなにたくさん星が見えるなんて……」

私が呆然と空を見上げながら呟くと、彰が応える。

「この丘の上は見晴らしがいいから、いつかここの星空を百合に見せてやりたいと思っていたんだ」

その優しい声を聞き、その柔らかい微笑みを見た瞬間。

——ああ、好きだ、と思った。

私は彰が好きだ。好きなんだ。

今まで考えないようにしていたこと。でも、もう、ごまかしきれない。

私はこんなにも彰のことばかり考えている。いつも彰のことで頭がいっぱいだ。

私を優しく抱きしめてくれたその腕の感触が、その温もりが、忘れられなくなってしまった。

私は彰が好きだ。どうしようもないくらい好きだ。

でも、好きになっちゃいけない、とずっと思っていた。

だって、彰は特攻隊員だから、近い将来必ず死ぬんだから、好きになってはいけない、好きになっても報われないと、いつも心のどこかで自分に言い聞かせていた。

でも――無理だ。私はこんなにも彰に心を奪われてしまっている。

好きになったらいけないとか、好きになっても無駄だとか、そんな計算は、勝手に膨れ上がる想い(おも)には通用しなかった。

私は草むらの上にごろりと寝転んだ。彰も同じように仰向けになる。

星空を見上げながら、私は「ねえ、彰」と呟いた。彰が「ん?」と応える。

私はこの声が大好きだ。柔らかく包み込むような穏やかな声。この声を聞くと、どんなことでも、いつまでも、話していたくなる。

「彰」

「うん」

「……行かないで」

さらりと言ってのけるつもりだったのに、私の喉から絞り出された声は、情けないくらいに掠れて震えていた。

彰が目を丸くして身を起こし、「え?」と訊き返してくる。

私はもう一度、

「行かないで」

と言った。

「どこにも行かないで。ずっとここにいて。特攻なんか、やめてよ……」

見開かれた彰の瞳が、星明かりにきらめいている。

私は起き上がって、そっと彰に抱きついた。

「彰、行かないで。死なないでよ……。いやだよ、彰がいなくなるなんて」

こんなことを言ったら彰を困らせる。分かっていたけれど、止まらなかった。

私は彰にすがりついて、必死に懇願する。

「彰、彰……。ねえ、私は彰にとって妹みたいなものなんでしょ？　それなのに私を置いていくの？　ねえ、どうして？　いやだよ……行かないでよ……」

涙が滲む目で彰を見上げると、その顔はつらそうに歪んでいた。

そんな顔は初めて見た。いつも穏やかな表情をしている彰の、苦悩に歪んだ顔。

私のせい？　私が彰を苦しめてるの？

思わず口を噤んだとき、彰が私の背中に腕を回した。ふわりと包まれて、どうしようもなく切なくなる。

こんなふうに抱きしめてもらえるのも、あと三日。いや、もう、あと二日しか残っていない。

目の前にいる人が、三日後の今頃には、もうこの世にいない。

そんなの信じられない。受け入れられるわけがない。

私は言えない。『お国のためなら仕方ない』だなんて、大切な人が国のために死んでも仕方がないなんて、言えるわけがない。絶対に。

誰にぶつければいいかも分からない、矛先のない怒りが、私の心を支配した。

私は彰の背中に爪を立てるほどの強さですがりついた。

「ねえ、彰、逃げよう。私と一緒に、逃げよう……！」

彰はゆっくりと瞬きをした。じっと私を見つめている。

ひと気のない森の奥の湖のような、静かな瞳。

「……百合」

彰は首を横に振った。

「──それは、できない。俺には、できない……」

一瞬にして私は落胆した。

彰の目があまりにまっすぐで、あまりに強くて、その考えは絶対に変わらないのだと語っていたから。

涙がぽろぽろとこぼれた。この時代に来てから、私は何度泣いただろうか。やるせない現実に何度も涙を流したけれど、私は何も変えられなかった。

彰は私の頭を撫でながら、静かに語る。

「俺は、家族や友人や……大事な人たちを守るために征く。征かないといけないんだ。このままでは日本は大敗してしまう」

その言葉を聞きながら、私は無性に虚しくて、悲しかった。

「……なんで彰なの？」

私の呟きが彰の胸許に吸い込まれていく。でも、その意味は彰の心には届かないんだろう、と思った。

それでも、私は言わずにはいられない。

「なんで彰が行かなきゃいけないの？　なんで彰が死ななきゃいけないの？　そんなのおかしいよ……」

彰は黙って聞いていた。

一定のリズムで頭を撫でる手が、悲しいくらいに心地よかった。

「いくら大事な人を守るためだからって……そのために彰が死んだら、意味がないよ」

「……たしかに、俺じゃないといけない理由はないよ」

彰の声が、星明かりと共に降ってくる。

「でもね、俺は……ほかの奴が征くのを見送るより、自分が征ったほうが、百倍も千倍も気が楽なんだ」

——どうして、こんなにも伝わらないいんだろう。

同じ言葉で話しているはずなのに、どうして彰と私は、互いの思いを伝え合って分かり合うことができないんだろう。

私は彰の考えがまったく理解できなかった。どうしてそんなに疑いもなく、あなたは死にに行こうとするの？

同じように、私の気持ちも彰にはまったく理解できないのだろう。どうしても彰を失いたくない、ずっと生きていてほしい、という私の気持ち。

私はわがままで自己中心的な人間だから、『ほかの誰が死んでも、彰にだけは死んでほしくない』と思ってしまう。

でも彰は、『他人が死ぬのを見るくらいなら、自分が死んだほうがいい』と思うのだ。

どうしても、理解し合えない。

「どうせ敗けるよ……日本は」

私は絶望的な気持ちで、弱々しく呟いた。

「彰たちが突撃して、いくら敵艦を沈めたって、そんなの、アメリカにとってはたいした痛手になんかならない。どうせ日本はもう終わりだよ。だから、もう、やめようよ……」

私の力ない言葉を、彰は黙って聞いていた。そして、

「……そうかもしれないな」

と、ぽつりと呟いた。

私は驚いて顔を上げる。

もしかして、やっと、私の言いたいことが伝わったのだろうか。

「たしかに日本は敗けるかもしれない」

彰はまっすぐな瞳で星空を見上げながら言う。

「でも……たとえそうだとしても、俺たちは征かなければならない。このまま何もしなければ、日本は確実に敗けてしまう。だが、俺たちが征けば、一機でも一艦でも多く撃墜できれば、万にひとつでも勝てるかもしれない。……だから、最後まで粘るんだ」

彰はやけに清々(すがすが)しい顔をして言った。

「たとえ勝算が皆無だとしても、それでも最後の最後まで諦めない。諦めたその瞬間に、日本は確実に終わってしまうから。だから俺たちは、万にひとつの可能性に賭けて出撃するんだ。特攻は日本に残された最後の砦(とりで)なんだよ」

やっぱりだめなんだ、と私は絶望した。どんなに言葉を尽くしても、きっと彰を納得させることはできない。

彰の言っていることは、すごく正しいことのように思えた。

『諦めたら、そこで終わり』

まるで漫画の中の名言のようだ。

でも、ここは漫画の世界じゃない。現実だ。そして、戦時中だ。たくさんの人の命がかかっている。簡単に『諦める』だとか、『終わり』だとか、言えるような話じゃない。

――諦めてもいいんだよ、彰。

自分の命を捨てることなんて、やめてもいいんだよ。

特攻を諦めたことを責める人なんかいない。もしも責める人がいたとしたら、その人が間違っている。彰が特攻を諦めても、日本は終わったりなんかしない。

戦争に敗けても、日本は終わったりなんかしない。

ねえ、彰。

本当に行っちゃうの？　死んじゃうの？

いやだ、いやだよ……彰。

でも、私の気持ちはうまく言葉にならなかった。ただ、「行かないで」と繰り返すことしか、私にはできなかった。

彰はただ静かに私を抱きしめる。「行かない」とは言ってくれなかった。

「……ごめんな、百合。君が欲しがる言葉を、俺は、言ってあげることができないよ」

「…………」

「その代わりに、ひとつだけ、贈り物をさせてくれないか」

「え？」

目を上げると、彰が微笑んで言った。

「目を閉じて」

私は言われるがまま、ゆっくりと瞼を下ろす。

彰の手が私の前髪をふわりと掻き上げるのを感じた。額が夏の夜風にさらされて、ひんやりと心もとない感じがする。

あきら、と呼ぼうとしたとき、柔らかいものが額に触れた。

驚いて反射的に目を開ける。

睫毛(まつげ)が触れるほど真近に、彰の顔があった。

額にくちづけられたのだと気づいた。

ふ、と目許を緩めて、彰は「百合」と囁く。春の木洩れ陽のような、あたたかい声で。

なんて優しい人。

なんてひどい人。

私を置いて行くくせに、こんなに優しく笑うなんて。

ひどいよ、彰……。

美しすぎる星空の下で、百合の花の濃厚な甘い香りに囲まれながら、私はいつまでもいつまでも泣いていた。

✦ 空に散る華

翌朝、千代が店にやって来た。

「石丸さんたち、出撃ですってね」

千代は笑いながら言ったけれど、その瞳の奥底にある複雑な色に、私は気づいてしまう。

「うん……明後日の十三時半」

私が小さく答えると、千代はこくりと頷いた。

私たちは店先に並んで座った。しばらくすると、千代が石丸さんとの出会いについて話しはじめた。

「私の通っている女学校でね、勤労奉仕で特攻隊のお世話をしているの。基地の兵舎まで通って、隊員さんたちのお洗濯ものを洗って差し上げたり、靴下なんかの繕い物をしたり、お食事のお世話をしたり」

「大変そう」

「うん、でも、楽しいのよ。お食事のあとは、みんなで輪になっていろんなお話もしたりするの」

「そうなんだ」

「でも、最初の頃はね、隊員さんたちと話すのが恥ずかしくて、私たちはみんな緊張していたのよ。そしたらね、石丸さんが私たちの緊張をほぐそうとしたんでしょうね、故郷の盆踊りを見せてくれたの。それがあんまり音痴で、おかしな顔で不思議な動きをするものだから、みんな笑ってしまったわ」

そのときの様子を想像すると、私も自然と笑顔になった。

「それで私たち、恥ずかしいのも飛んでいって、すぐに隊員さんたちと打ち解けてお話しできるようになったの。ああ、なんて気づかいのできる立派な方なんだろうって感動したわ」

それで石丸さんのことが好きになったんだな、と私は納得した。

石丸さんは本当に明るい人で、いつも笑顔を絶やさない。鶴屋食堂で食事をしているときも、常に周りの様子を見ていて、いつも冗談を言ってみんなを笑わせていた。

でも、そんな石丸さんも、明後日には……。考えると泣きそうだった。

俯いて涙を堪えていると、千代が私の顔を覗き込んで、

「一緒に出撃のお見送りに行きましょうね」

と言った。

「特攻隊の方たちは、上からの命令で、ご家族にも出撃の日を知らせていないんですって。もちろん代わりになんかならないでしょうけど、せめて私たちがお見送りして差し上げなきゃ」

千代の言葉に、私は思わずふるふると首を横に振った。

「ごめん……無理、行けない」

私の答えに、千代が目を見開く。

「え……どうして？　何か用事でもあるの？」

「違うけど……でも、行けない。だって、見送りなんかしたら……」

きっと私は、泣き叫んでわめいてすがりついて、彰を困らせてしまうに決まっている。私は黙って俯いた。

千代は何も言わなかった。私の気持ちが伝わったんだろうか。千代は結局それ以上は見送りの話をすることなく、「じゃあ、またね」と帰って行った。

当たり前のような「またね」の言葉。

未来が来ることを、こんな時代でも、人々は信じて疑わない。

いや、違うかな。言葉の上だけでも信じていたいのかも。そうしないと、生きていけない。

それなのに彰たちは、もう、「またね」を言えないのだ。

死ぬのを覚悟して生きるって、どういう気持ちなんだろう。私にはまったく理解できなかったし、理解したくもなかった。

目を上げると、夏の景色が広がっている。

抜けるように鮮やかな青空。もくもくと膨れ上がる真っ白な入道雲。明るい陽射しにきらめく、美しい緑。じわじわと鳴く蝉の声。

現代にいたとき、強すぎる陽射しも、蝉の鳴き声も、大嫌いだった。でも今は、無事に今日一日が始まったことの証に思える。幸福と安心の象徴。

「ほんと、いい天気……」

私の呟きは、虚しく空に吸われていった。


その日一日、まったく仕事が手につかなかった。

彰のことばかり考えてぼんやりしてしまい、ツルさんにたくさん迷惑をかけてしまった。

でもツルさんは何も言わず、ただ私の頭を撫でてくれた。その目に浮かんでいた悲しみの色は、きっと私と同じものだと思う。

店を閉めてから、私は部屋の片隅に座り込んで膝を抱え、明かりもつけない暗い部屋でぼんやりと考えを巡らせていた。

どうしたら、彰を行かせずにすむ?

どうしたら、彰の決心を揺るがすことができる?

考えても考えても、何も答えは出ない。そもそも私は、彰が食堂に来てくれなければ、彰に会うことさえできないのだ。

焦りばかりが募(つの)る中、私は結局なんの行動も起こせないまま、一睡もできずに夜を明かした。

翌日。出撃の前日。

夕方、彰の隊のみんなが店にやって来た。いつもの寺岡さんや加藤さんだけでなく、総勢十人での来店だった。

「酒を配給されたので、ツルさんにうまいつまみを作ってもらおうと思って」

と石丸さんが微笑んだ。

ツルさんは「腕によりをかけて作らせていただきます」と明るく笑い、さっそく台所に入った。私はお猪口を人数分、食器棚から出して、席に持って行く。

ふい、と顔を上げた彰と目が合った。私は思わず目を逸らす。どんな顔をすればいいのか分からなかった。

「百合ちゃん、ありがとう」

石丸さんがにこっと笑って、お盆の上にのせたお猪口をみんなに配ってくれた。

石丸さんは、知らないんだろうな。千代が石丸さんに恋心を抱いていること。なんにも知らないまま、明日には飛び立ってしまうのだ。

ツルさんが手際よく作った料理を、どんどん食卓に運んでいく。隊員さんたちは大きな口を開けて料理を食べ、酒を飲み、真っ赤な顔をして、大声で笑い合っていた。そうしてしばらくすると、みんなで肩を組んで軍歌を合唱しはじめた。

「石丸、あいかわらず音痴だなぁ。つられて俺まで調子っぱずれになってしまう」

ひとりがそう言うと、石丸さんは、

「それはお前も音痴だからだろう」

と頭を小突いた。どっと笑いが沸き起こる。

みんなものすごく明るくて、楽しそうで、和んだ雰囲気で酒盛りを楽しんでいた。明日の今頃にはみんなこの世からいなくなっているなんて、信じられないくらいに。

私はその場にいるのがつらくなって、ツルさんのいる台所に戻った。

「……なんで、みんな、あんなふうに笑えるの？」

ぽつりと呟くと、かまどの火加減を調節していたツルさんが、顔を上げて私を見た。

「そうだねえ。明日には敵艦もろとも亡くなられる身だというのに、なんて朗（ほが）らかなんだろうね……」

ツルさんは食堂のほうに目を向けて、静かにそう言った。

「みんな、極楽に行かれる方々だからね」

「……極楽？」

私が訊き返すと、ツルさんはこくりと頷いた。

「自分の命をもってお国を護られる、尊い生き神さまだからね。あの方々は、体当たりをなさったあとには、極楽に行かれるんだよ」

極楽って、天国のことだろうか。

特攻で死んだ人たちは、天国に行けるってこと？

何それ、と怒りがふつふつ沸き上がってくる。

この時代の人たちは、そう言って特攻を美化してるの？　特攻をしたら極楽に行けるから、だから喜んで敵に体当たり攻撃をして死ねって？

馬鹿みたい。そんなの本当に信じてるの？　極楽に行けるんだから、彼らが死んでもいいって？

そんなはずない。そんなことで、あの人たちが死んでいいわけない。死んだあとに天国に行けたからって、なんなの？　生きてるほうがいいに決まってる。

隊員たちが歌う声が聞こえてくる。

『同期の桜』、という歌だ。この時代に来てから何度も聞いた。なんという歌詞だろう。聞いているだけで怒りが込み上げてくる。

散るのは、死ぬのは覚悟の上だ、国のために美しく散ろう。そんな内容の歌詞だった。こんな歌で、政府は軍人たちを洗脳しているのだ。

靖国神社という言葉も出てくる。名前くらいは聞いたことがあった。たしか、戦没者を祀った神社だ。現代のテレビニュースで何度も見た。総理大臣や政府の偉い人が参拝することが外国から批判されたりして。

この歌は、特攻で死んだら、その神社の桜の花になって、そこで再会しようというのだ。

ほんと、馬鹿みたい。

死んじゃったら、もう会えないんだよ……。

次は『空から轟沈』という歌が聞こえてきた。空から飛行機で体当たりして、敵艦を沈めよう、という意味。

敵の空母を沈めないと、日本男児じゃない、と言っているのだ。わけが分からない。そんなことなんかしなくたって、あなたたちの名前がすたることなんてないのに。

この人たちは、国からそんな嘘を吹き込まれて、特攻しないと罵られると思い込んでいるのだろうか。

どうしようもなく腹立たしくて、どうしようもなく悲しかった。

何も言えない自分が情けなくて、悔しくてたまらなかった。

こんな悲しい歌、聞きたくない。

私は耳を塞ぎたくなった。でも、そのとき芋の煮物が載った大皿をツルさんから渡されて、私は渋々みんなの席に持って行った。

彰が笑っている。お酒が入っているからか、いつもより少し大きな笑い声を立てている。

ねえ、どうしてそんなふうに笑えるの？　明日死ぬっていうのに。

私は彰の姿を目に入れないようにしながら、食卓の真ん中に皿を置いた。

「ありがとう、百合ちゃん」

「いやあ、百合ちゃんが給仕してくれると、ツルさんの料理がさらにうまく感じるなあ」

そんな軽口に、私は無理やり笑みを浮かべたけれど、うまく笑えていた自信がない。

そのとき、ひとりの隊員さんがふらりと立ち上がった。たしか、野口さんという人。

「少し外の空気を吸ってくる」

と隣の人に声をかけ、ふらついた足どりで店の戸口から出て行った。

しばらくしても帰ってこないので、もしかして気分が悪くなったのかと心配になり、私は水を入れた湯呑みを持って外に出る。

野口さんは少し離れたところに座り込んで、膝を抱えていた。

近づいて、思わず息をのむ。野口さんは、泣いていた。

「……野口さん、大丈夫？　どうしたの、気分悪い……？」

そっと隣に座り、声をかけると、野口さんがゆっくりと顔を上げた。その頬は涙に濡れている。

もしかして、死ぬのが怖くなったのかな、と咄嗟に私は思った。出撃したくない、死にたくない。そんな思いで、彼は泣いていたんじゃないだろうか。

それは、すごく当然のことだと思えた。むしろ、そういうふうに当たり前の感覚を持っている人がいてくれたほうが、私は安堵できる。

でも、野口さんの答えは、私の期待を裏切った。

「嬉しいんだ……」

震える声で、野口さんは、「嬉しい、嬉しい」と繰り返す。

「俺はね、嬉しいんだよ、百合ちゃん。嬉しくて嬉しくてたまらない。やっと出撃できるのだと思うと、喜びが込み上げてきて……。さっきみんなと歌いながら、俺は感動が抑えきれなくなって、もう涙で歌っていられなかった」

私は野口さんの言葉を呆然と聞いた。

「俺はね、死に損ないなんだ。本来ならひと月前に、既に南の海上で散っていたはずの命なんだ。それなのに……仲間と共に出撃したのに、俺の機だけエンジンの故障で飛べなくなり、泣く泣く戻ってきたんだ。兵舎に戻ってから、俺は歯ぎしりするほど悔しくて何晩も寝られなかった……」

……悔しい？　死ねなかったことが、悔しい？

なんだそれ、と叫びたくなった。なんで、死なずにすんだことが悔しいの？

この時代の戦闘機は、もちろん現代のような安定性がなくて、エンジンの故障などはかなり多く、出撃の命令を受けた特攻機が直前に故障して飛べなくなったり、飛び立ってすぐに不調になってとんぼ返りしたり、ということも珍しくないらしい。積んでいた特攻用の爆弾が途中で落ちてしまって、戻らざるを得ないこともあるという。

「これ以上飛べないと分かったとき、俺は無線で仲間たちに報告した。隊長は明るい声で『俺たちは先にあの世へ行って待っている、お前もあとから追いついて来い』とだけ言って、そのまま南の空へと消えていった。その機影をただ見送るしかなかった無念……今思い返しても、悔しくて悔しくてたまらない。ひとりだけ生きて帰って来たことが、恥ずかしくてたまらなかった。その後、俺は何度も『出撃させてくれ』と上官に訴えつづけて、血書（けっしょ）によって軍の上層部に何度も嘆願（たんがん）して、今回やっと、待ちわびていた命令が下った。俺は嬉しい……」

野口さんはそう言って、握りしめた拳で涙を拭った。

私はふらりと立ち上がり、泣きじゃくる野口さんを置いて店に戻った。

中では、店の真ん中に加藤さんが立って、大きな声で演説をしている最中だった。

「我々はとうとう明日、出撃する。明日の今頃には、我々は鬼神となって突撃し、憎き敵艦もろとも木っ端微塵になっていることだろう。……戦局はいよいよ切迫している。我らが征かねば日本は敗けてしまう。存亡の危機にある帝国を、我らが祖国を、我らはこの身をもって救うのだ。精鋭なる皇軍の一員として、またとなき男の死に場所を得たこの喜び、なんと言葉にしようか。我らは、散ってこそ甲斐のある若桜だ。桜花のように潔く、立派に、そして美しく散ろう！　そして、靖国神社の桜となって、再び共に咲こう！　俺たちは死ぬのではない。俺たちは悠久の大義に生きるのだ！　天皇陛下万歳！」

　みんなが加藤さんに拍手喝采を送り、

「そうだ、共に散ろう！」

「悠久の大義に生きよう！」

　と声を合わせる。

『悠久の大義』。軍人たちが好んで使う言葉だ。戦場に行って死ぬことを、『大義』だと言っているのだ。死ぬことのどこが正義なのだろう。

おかしい。戦死することを喜びだと言う軍人も、戦死した人を立派な日本人だと賛美する一般人も、みんなみんな、おかしい。どうして誰も気づいてくれないのだろう。

私は彼らの顔を見ることができず、台所に駆け込んだ。ツルさんは私の肩を抱き、「ここにいなさい」と言って、自分で食堂に料理を運んだ。

ツルさんが現れると、みんなが歓声をあげた。

「ツルさん、ありがとう」

「俺たちは鬼畜米英(きちくべいえい)を叩き潰してみせますよ」

「なんとしてでも敵を撃滅(げきめつ)して参ります」

「敵空母轟沈の知らせを聞いたら、俺たちがやったものと思ってください」

「必死必沈の覚悟で行って参ります」

ツルさんは優しい笑顔で頷き、「行っていっしゃいませ」と言った。

「ご武運をお祈りしております」

ツルさんは深々と頭を下げた。

そのとき、彰が立ち上がるのが見えた。私ははっと息をのむ。

彰は穏やかな笑みでツルさんの肩を抱き、「顔を上げてください」と言った。

「ツルさん、今まで本当にお世話になりました。ツルさんのうまい料理のおかげで、俺たちはつらい訓練にも耐えられました。感謝しています。どうか、達者で長生きしてください」

彰の言葉に、ツルさんが肩を震わせながら何度も頷いた。もしかしたら、泣いているのかもしれない。私は思わずツルさんのもとに駆け寄って、抱きついた。

「ふふ、百合ちゃん、どうしたの」

笑いながら私の顔を覗き込んだツルさんは、泣いてはいなかった。でも、その目には、今にもこぼれ落ちそうに涙が浮かんでいた。

私は何も言えずにツルさんの胸に顔を押しつけた。

この顔を、彰たちに見られるわけにはいかなかった。困らせてしまうと分かっていたから。

食堂の空気が、さっきまでとは変わっていた。隊員たちの中には、顔を俯けて目頭を押さえるような仕草をしている人も、何人かいた。

それを察したのか、彰の後ろに立っていた石丸さんが、明るい声を上げた。

「俺の寿命は、まだ四十年分は残っているだろうから、残りはツルさんにあげますよ。閻魔大王（えんまだいおう）に会ったら、そうお願いしてあげますから、安心して長生きしてください」

それを聞いた彰がぷっと噴き出して言う。

「なんだ、石丸、お前は地獄に行くつもりなのか。閻魔大王がおられるのは地獄だぞ」

「あっ、そうか、しまった！」

石丸さんが照れ笑いを浮かべながら頭を掻くと、みんなが一斉に笑った。空気が一気に和らいだ。

石丸さんと彰はきっと、みんなの気持ちを上向かせるために冗談を言ったのだ。なんて優しい人たちなんだろう、と思うと同時に、そんな人たちがどうして、という、どうしようもない思いが湧き上がってきた。

「……そろそろ、行こうか」

最年長の寺岡さんが言うと、みんなが一斉に動き出した。

「ツルさん、ごちそうさまでした」

「最後にツルさんの料理が食べられて、本当に良かった」

「これでなんの未練もなくあの世に行けるなあ」

「お前は食いしん坊だからな」

「あの世でもたらふく食うんだろう」

そんな軽口を叩き合いながら、店を出て行く隊員たち。冗談のように『あの世』

という言葉が出ることに、私の胸は言いようもないほど苦しくなった。

この人たちはもう、完全に覚悟している。自分が死ぬことを。

出撃命令が出るずっと前から、きっと特攻隊に入ったときからずっと、覚悟を固めてきたんだろう。

なんて悲しいことだろうか。

死を覚悟しながら何ヶ月も生きてきたこの人たちは、なんて。

特攻を容認することは到底できなかったけれど、この人たちの強さに心を打たれずにはいられなかった。

「……ありがとうございました」

私はツルさんと並んで頭を下げる。

「今まで本当に、ありがとうございました。みなさんに百合ちゃん、百合ちゃんと親しく呼んでいただいたこと、とても嬉しかったです。ありがとうございました……」

尊敬と感謝を込めて、私は深く頭を下げた。ゆっくりと顔を上げると、優しい笑顔が私の周りを包んでいる。

「こちらこそありがとう、百合ちゃん」

「いつも笑顔で迎えてくれて、嬉しかったよ」

「俺は妹がいないから、百合ちゃんが可愛くて仕方がなかったよ」

「百合ちゃんは俺たちみんなの妹だからな」

ひとりずつ、私の頭を撫でて、店を出て行く。軽く触れるだけの人も、何度も撫でる人も、わざと髪を掻き乱すように撫でる人もいた。ぐしゃぐしゃになった私の髪を見て、みんなが笑った。

涙が溢れた。

最後は、彰だった。

「……あきら」

声が震えて、掠れて、うまく呼べない。

彰がくすりと笑って、ぽん、ぽん、と頭を撫でた。

「泣き虫だなあ、百合は」

「……泣いてない」

「もうじき泣くだろう。ほら、もう涙が」

からかうような、それでもすごく優しい声だった。ぽろぽろと涙がこぼれた。

「じゃあな、百合。病気や怪我をしないように気をつけるんだよ」

「……っ」

嗚咽が洩れて、何も言えない。

最後なんだ、と痛切に思った。

彰の言葉の端々から伝わってくる、「これが最後だ、さようなら」という思い。

「百合、元気でな……」

何も言えないでいる私を置いて、彰は店を出た。

ツルさんが私の手を握り、一緒に外に出る。

基地へと帰っていく特攻隊員たちの背中が、月明かりに照らされていた。楽しげに談笑しながら、肩を組みながら、小突き合いながら、彼らは歩いていく。

いちばん後ろで、彰はみんなから少し離れてゆっくりと歩いていた。

遠ざかっていく背中。

最後なの？　これで、もう、最後なの？　もう会えないの？　本当に？

いやだ。やっぱり、そんなの、いやだ。

気がつくと、私はツルさんの手を離して、走り出していた。

「……あきら……彰!!」

私の叫びを聞いて、後ろのほうにいた隊員たち数人が振り返る。私がまっすぐ彰のもとに駆けつけるのを見ると、彼らは素知らぬ顔で先に行ってくれた。

走った勢いそのままで飛びついた私を、彰が抱きとめてくれる。

私は彰の胸に顔をうずめて、

「行かないで……」

と呟いた。

「行かないで、行かないで、行かないで。お願いだから、行かないで……。死なないでよ、死んじゃだめだよ……。死んだら、会えないんだから……もう、本当に、会えないんだから……」

彰の背中に手を回し、必死ですがりつく。

「だめだよ、行かないで、行かないで。私を置いて行かないで……」

彰の腕がふわりと両側から回ってきた。大好きな体温が私を包む。

彰の大きな手が、私の背中をさすった。でも、彰は、何も言わない。

「ねえ、彰、行かないで……」

「………」

私の言葉は虚しく宙をさまよって、夏の夜風に吹き消された。

泣きながら顔を上げると、彰の顔が月明かりの下に白く光っている。その顔は微笑んでいたけれど、困ったように眉が少し下がっていた。

こんな顔を、させたかったわけじゃない。彰を困らせたいんじゃない。

私はもう、何も言えなかった。

ゆっくりと身体を離す。

「……ごめん、彰。わがまま言って、ごめん……」

「百合……」

両手で涙を拭って、私は彰を見つめた。

少し離れたところで、隊員たちの最後尾にいた石丸さんが、こちらの様子を窺うようにちらりと振り返った。

これ以上引き止めたら、ほかの人にまで迷惑がかかる。

私は彰の手をぎゅっと握って、その目を見つめながら言った。

「……何度も何度も、私を助けてくれて、ありがとう。彰がいなかったら、私はきっと今、ここにはいなかったね。ほんとに、ありがとう」

彰が目を細めた。なぜか、苦しげにも見えた。

だから、私は笑った。

たぶんすごく下手な笑顔だけれど、今できる精一杯の笑顔で。

「行って、彰。みんなが待ってるよ」

「……百合」

「今までありがとう。行って」

彰が私の手首をつかんで、ぐいっと引き寄せ、私の身体を抱きしめた。

今までとは比べものにならないくらい、強い力で。

息が止まりそうだった。

彰の唇が耳許に寄せられる。

「……百合、百合。ごめんな、ありがとう……」

さらに力強く、ぎゅっと抱きしめてから、彰はゆっくりと離れた。

そして、私に背を向けた。

一度も振り返らず、彰は去って行った。

その背中が闇に紛れて見えなくなるまで、私はその場に立ち尽くしていた。

「じゃあ、行ってくるね、百合ちゃん」

「行ってらっしゃい。気をつけて」

翌朝、ツルさんが玄関から出て行くのを、私は手を振って見送った。

結局、彰たちの出撃の見送りに行く勇気は出なかった。

行ったらきっと私は、飛び立とうとする特攻機に飛びついてでも止めたくなってしまう。行かないで、とやっぱり叫んでしまう。

せっかく、昨日の夜がんばって、きれいなお別れを言えたのだ。だからもう、私は彰に会うつもりはなかった。

もう彰に迷惑をかけたくない。彰を、困らせたくない。

私は部屋の片隅で膝を抱えて、じっと畳の目を睨みつけていた。

今日も天気がよくて、すごく暑い。開け放した窓から、蝉の声とそよ風が忍び込んでくる。どの時代でも、やっぱり蝉の声がうるさいのは同じだな。

そんなことを思っていると、ふいに強い風が吹いた。窓辺にかかっている古びた風鈴が、ちりん、ちりん、と涼しげな音を立てる。

その風に吹かれて、卓袱台の上に置かれていた紙がはらりと床に落ちた。あ、と思って私は腰を上げる。近づいて床に落ちた紙を拾い、何気なく見てみた。

そこには、『どうか投函（とうかん）してください』というツルさん宛てのきれいな筆文字が書かれていた。

卓袱台の上の紙の束に目を向ける。それは、特攻隊のみんなが家族に宛てて書いた、最後の手紙だった。どれもきれいな白い封筒に入れられ、しっかりと封をしてあって、真っ黒な墨で宛名が書いてある。

昨日の晩、ツルさんが預かったものなのだろう。ツルさんは今までも、特攻隊員たちの手紙を預かって、家族に送ってあげていたと聞いたことがあった。軍の中から送ると、中身を検閲（けんえつ）されてしまうから。

思わず、ひとつひとつ手にとってみる。

几帳面に整った寺岡さんの字。きっと、奥さんと娘さんに向けた手紙だ。

濃くて豪快な加藤さんの字。お父さん宛てらしい手紙と、そして中学校宛ての手紙。やっぱり熱血教師だ。

石丸さんの字は、意外と達筆。家族全員の名前が書いてある。送り主のところに『あの世より　智志』と書いてあるのが、冗談好きの石丸さんらしくて、切なかった。

そして……彰の手紙。繊細で端整な文字。家族全員に、一通ずつ書いたらしい。真面目な彰らしいな、と思った。

お父さん宛て、お母さん宛て、弟さん宛て、妹さん宛て。

そこまできて、あれ、と思った。もう一通ある。最後の一通は、

「……うそ」

封筒の表に、『百合へ』と書いてあった。

どくん、と心臓が跳ねた。

手紙だ。彰から、私への、手紙。

耳の奥のほうで、どくどくどく、と脈の音が聞こえる。

あきら、と唇が勝手に動いた。

あきら、あきら、あきら。

声もなく、私は呼び続ける。

最後の最後まで、その優しさで私を捉えて離さない、ひどい人。


気がつくと、私は駆け出していた。

家を飛び出し、路地を抜けて表通りに出て、道行く人にぶつかるのもかまわずに、ただただ走る。空襲を受けてまだ復興も追いついていない、焼け焦げた町の中を、基地に向かって。

今まで生きてきて、こんなに速く走ったことはない。あの空襲のときでさえ、今よりは遅かったと思う。

照りつける陽射しが刺すように痛くて、汗が滝のように流れて、脇腹が痛くて、喉が引きつれたように苦しくて、足が棒みたいになって、爪先がもつれて、何度も何度も転んだ。

それでも私は、一度も足を緩めなかった。

間に合って。お願いだから、間に合って。

神様だか仏様だか知らないけれど、私は祈った。

こんなにも救いのない、無惨な狂った世界を作った神様。

彰の死を無情にも見過ごそうとしている、残酷な神様。

せめて今日くらいは、最後くらいは、私の願いを叶えてよ。


基地の飛行場、滑走路が見えてきた。

自分の呼吸音がうるさい。息が苦しい。全身が痛い。苦しい。苦しい。

それでも私は、行かなきゃいけない。一分でも、一秒でも、早く。あなたのもとへ。

滑走路にはもう、特攻機が一列に並んで、ゆるゆると動き出していた。

待って、行かないで。まだ行かないで。

あと少しでいいから、待って。

滑走路の周りには、数え切れないほどの人が集まっていた。特攻隊員に向かって敬礼をしているおじさん。真似をするようにひとりひとりに敬礼をする、幼い男の子。涙を滲ませながら白いハンカチを振っているおばさん。枝花を必死に掲げている女学生たち。

その向こうで、特攻機の操縦席の中から、見送りの人たちに笑顔で手を振り返す隊員たち。家族や町の人々から贈られた花束やマスコットを持ち上げて、何か言っている人がいる。エンジン音がうるさくて、何も聞こえなかった。でも、唇の動きで、ありがとう、と言っているのが分かった。

隊員たちは真新しい軍服を着て、真っ白なマフラーを夏の陽射しに輝かせている。そして、それに負けないくらいの、くもりのない笑顔を輝かせている。

私は見送りの列の前に飛び出して、彰の姿を探した。

一機ずつ、特攻機が目の前を通り過ぎていく。どの隊員も、本当に明るい笑みを浮かべていた。隣にいたおばあさんが、

「なんと朗らかな……なんと勇ましい、ああ、なんと神々しい……」

と呟いて、彼らに向かって手を合わせて拝みはじめた。

「生き神さまだ……」

加藤さんの機が目の前を通った。『一撃必沈』と墨書きされた日の丸の鉢巻きを額に巻いていた。

次に、石丸さんの機がやって来た。見送りの列に向かって、いつもの弾けるような笑顔で手を振っていた。

そして、次に来たのは。

「……彰、あきら――――っ!!」

私は声の限り、叫んだ。

届くかなんて分からなかったけれど、とにかくその名を呼んだ。

「彰！　彰！　彰!!」

周りの歓声やエンジンの音が、私の声を掻き消してしまう。

それでも、私は叫んだ。

目一杯に大きく手を振って、彰、彰と呼んだ。

その声が届いたのかは分からないけれど、彰の視線が、私の上にとまった。

驚いたように目を瞠ってから、彰は、私の大好きな優しい笑みを浮かべた。

そして、操縦桿（かん）を握っていた右手を外し、胸許の何かをつかんで、こちらへ放り投げた。

わけも分からず、私は必死に手を伸ばして、それを受け取る。

――美しく花開いた百合だった。

甘い香りがふわりと鼻腔を突く。

涙が溢れた。

私は顔を上げて、彰、と呼んだ。でも、もう声は出なかった。

彰は私に手を振り、きれいな笑顔のままで通り過ぎていった。

呆然と見送る私の前を、最後の一機が過ぎ去っていった。

前方で、先頭機が飛び立った。次の機も、その次の機も、それに続いていく。

とうとう、彰の機も空に飛び立った。

特攻機たちは空に吸い込まれるように飛び上がっていき、上空で編隊を組んだ。

そして、まるでお礼をするかのように、見送る人々の頭上を大きく旋回して、そのまま南のほうへと向かう。

遥か遠い青空に、二度と帰らない空に、小さな光の点のようになった特攻機たちがすうっと溶けて消えるまで、私は瞬きもせず、百合の花を握りしめながら、小さくなっていく機影を見つめていた。

――その後、私の身体はぐらりと傾いて、地面に倒れ伏した。

そのまま、意識が消えた。

三章　盛夏

真夏の夜の夢

「……まぶし……」

瞼に明るい陽射しを感じて、私は目を開けた。

ゆっくり上半身を起こして、ぼんやりと周りを見る。

あれ……どうなったんだっけ？　たしか、飛行場で倒れて。誰かが運んでくれたのかな……。

そう思った瞬間、手のひらに触れる湿った土の感触に気がついた。

ここはツルさんの家じゃない。じゃあ、どこ？

視線を巡らせると、光の洪水に目を射られた。あまりの眩(まぶ)しさに、反射的に俯く。

しばらくして目が慣れたとき、私は自分の姿を見て息をのんだ。学校のジャージを着ている。

なんで？　いつの間に？

ぱっと横を見ると、枕にしていたのは、学校の鞄。

おかしい。ツルさんの家の押入れにしまい込んでいたはずなのに。

よろよろと中腰で立ち上がる。光のほうへ這っていくと、一気に視界が開けた。

「……うそ」

掠れた驚きの声が出た。

そこには、モルタル外壁の一軒家や、マンションやアパートや、アスファルトで舗装された道路があった。

見慣れた、懐かしい街の風景だ。

現代に戻った……？

「うそ……うそ、なんで？　どうして？　いつの間に……？」

あんなに戻りたかった世界のはずなのに、私は戸惑いを抑えきれなかった。

もう戻れないと思い込んでいたし、心の準備が全然できていなかった。

呆然としながら、懐かしい街並みの中を歩いていく。

そうしながらも、頭の中では七十年前の世界のことばかり考えていた。

ツルさんにお礼を言っていない。千代にお別れを言っていない。

彰の手紙を読んでいない。せっかく彰が書いてくれた手紙なのに、ツルさんの家に置きっぱなしにしてきてしまった。

もしかしたら、と思って鞄の中やポケットの中を探してみたけれど、もちろん手紙は入っていなかった。

驚きや後悔で混乱しながら、私は気がつくと自分の住んでいたアパートの前に辿り着いていた。

今何時だろう、と思って、スマホを取り出す。なぜか、充電は切れていなかった。そして、表示された日付は、お母さんと喧嘩をして家を飛び出した日の翌日。朝の五時半。

壊れているのかな、と思った。ぼんやりと部屋の前に立つ。無意識に鍵を取り出して、玄関を開けた。

その瞬間。

「……百合⁉」

奥のリビングから、お母さんが飛び出してきた。ぼさぼさの髪、化粧の剥がれた顔。

「……この馬鹿‼」

お母さんが叫んで、私の頬を平手打ちした。

かっと熱くなった頬を押さえて、お母さんを見る。滲んだマスカラとアイシャドーで真っ黒になった目。その目から、ぽろりと涙がこぼれた。

お母さんが泣くのなんて初めて見たから、思わず唖然としてしまった。お母さんはぽろぽろ泣きながら、私を睨みつける。

「……いったいどこに行ってたの！」

もちろん、戦時中の日本に行ってました、なんて言えない。私は黙り込んでお母さんを見つめ返した。

「……もう、本当に困った娘。探しに行ってもどこにもいないし……。おかげでひと晩寝られなかった。これじゃ今日は仕事にならないじゃないの。どうしてくれるのよ」

その言葉に私は首を傾げる。

ひと晩寝られなかった？　ひと晩？

「え……ちょっと待って。私がいなかったの、ひと晩だけ？」

ぽかんとしながら訊ねると、お母さんは「はぁ？」と怪訝な顔になった。

「何言ってるの？　頭でも打った？」

お母さんが私のほうに手を伸ばし、確認するように頭を撫でる。その仕草に、少し驚いた。お母さんがこんなふうに触れてくるのは、ずいぶん久しぶりな気がした。

気恥ずかしくなって俯く。そのとき、お母さんの足が目に入った。なぜか、足首のあたりまで泥だらけになっている。よく見ると、リビングから玄関まで続く短い廊下に、黒い足跡が無数に残っていた。まるで、何度もうろうろと往復したような。

「……ちょっと、お母さん。足、汚れてるよ」

思わず指摘すると、お母さんがごつんと小突いてきた。

「うるさいわね！　百合のせいでしょうが！」

「え……？」

「あんたがいつまで経っても帰ってこないから、夜中まで街じゅう探し回ってたら、ドブにはまっちゃったのよ。もう、どうしてくれるの、まったく！」

お母さんはそう言って、浴室に入って足を洗いはじめた。その背中に、ぽつりと問いかける。

「……探してくれたの？　ひと晩中？」

「……当たり前でしょ。どんな馬鹿でも、いちおう娘なんだから」

そう言ったお母さんの声は、微かに震えていた。

気がついたら、涙が溢れていた。

『泣き虫だなあ、百合は』

笑いを含んだ彰の声が、ふと蘇ってくる。

行ってしまった彰。南の空に消えてしまった彰。もう二度と会えない人。

涙が止めどなく流れる。私はふらりと床に膝をついて、しゃくりあげた。そして、目の前の背中に抱きついた。

お母さんが驚いたように振り向き、目を丸くしている。

一睡もせずに、ぼろぼろになって私を探してくれた、ずっと待ってくれていた、私のお母さん。女手ひとつで私をここまで育ててくれた人。

それなのに私は反抗してばっかりで、迷惑をかけてばっかりで、喧嘩ばっかりしていた。

「お母さん……ごめん。今までごめん……」

泣きながらごめん、ごめんと謝っていると、お母さんが両腕を伸ばして、ぎゅっと私を抱きしめた。

「……お母さんこそ、ごめん。忙しくて疲れて苛々して、あんたに当たってばっかで……いやな思い、たくさんさせちゃったよね。本当にごめんね……」

鼻をぐずぐずいわせながら謝るお母さんを見ていたら、笑いが込み上げてきた。

口が悪くて素直になれない。私たちって、結局、似た者同士の親子なんだな、と思った。

消えない想い

当たり前のように日常が戻ってきた。

七十年前の世界から戻ってきてすっかり素直になった私は、家でも学校でも、「まるで人が変わったよう」なんて言われた。

今までの自分は、つまらない反抗期だったんだな、と思う。なんであんなに、何事に対しても苛々していたのか、今となっては不思議で仕方がない。

当たり前のように学校に通えて、きれいな青空をのんびりと眺めることができる。お腹一杯にご飯が食べられて、たっぷりとお湯を張ったお風呂に入ることができる。冷房のきいた涼しい部屋でごろごろ漫画を読んで、夜遅くまで電気をつけていたって命の危険なんかない。空襲の恐怖に怯えながら浅い眠りについて、いつでも逃げられるように大事な荷物をまとめておく必要もない。

本当に幸せだ、と実感する。

私たちは、日常的に命の危機を感じながら生きたりする必要がない。こんなに満ち足りた生活をしていて、あの頃の私は、いったい何が不満だったんだろう。

現代の日本は、本当に幸せだ。

でも、テレビで海の向こうの遠い国のニュースを見るたびに、私は息苦しくなった。

まだ、戦争をしている国がある。爆撃に怯えて暮らす人たちがいる。内戦で失われるたくさんの命がある。信仰の名の下に自爆テロをする人がいる。

武器を持って戦わされる若者たちがいる。一部の馬鹿な大人たちのせいで、恐怖に包まれて眠れない夜を過ごしている子どもたちがいる。

そう思うたびに、私は七十年前の世界で出会った人たちのことを思い出した。

見ず知らずの私に優しくしてくれたあのあたたかい人たちは、私が現代へ帰ってきたあともずっと、空襲に怯える生活を続けたのだ。戦争が終わってからもきっと、世の中の混乱と貧困と飢えに苦しむ生活を続けたのだ。

そしてそれは、今も世界のいたるところで続いているのだ。

戦争や内紛の記事を読んだり、ニュースで空爆やテロの爆撃映像を見たり、傷ついて血まみれになった顔や、家族を失って泣き崩れる人を見るたびに、私は、七十年前の世界で巻き込まれたあの空襲の夜の夢にうなされた。

戦争は終わっていないいんだ、と痛いくらいに感じた。

このままでいいわけがない。でも、私に何ができる?

そんな苦悩を抱えながらも、私は毎日普通に生活を送っていた。


七月に入り、暑さも本格的になってきた。

手の甲で汗を拭いながら学校からの帰り道を歩いていたとき、私はふいに足を止めた。

百合の花の匂いがする。

近くを見渡して、ある家の庭に、真っ白な百合が咲いているのを見つけた。その瞬間に、心臓をわしづかみにされたような切なさを覚える。

彰。私は今でも、一日に何度も、彰のことを考えてしまう。考えるつもりなんてまったくないのに、ふとした瞬間に、彰の面影がよぎる。

思い出してしまうのだ。あの優しい微笑みを。低くて少し甘い声を。私の頭を撫でた大きな手を。私を抱きしめた力強い腕を。広くてあたたかい背中を。

現代に戻ってきてすぐ、あれは夢だったのかな、と、一瞬だけ思った。

あの時代に行って、たくさんの恐ろしいものを見て、たくさんの優しい人に出会った。あれは、私が見た、ひと晩の夢だったのかな、と。

真夏の夜の夢。暑さが見せた幻。

でも、違う。あれは、まぎれもなく現実だった。

だって、私が戻ってきた日、お母さんが言ったのだ。

私の胸許に顔を近づけて、「百合の花の匂いがする」と、不思議そうに。

よく見ると、私の手のひらには、百合の花粉がついていた。夕日のような濃いオレンジ色が、たしかにこびりついて離れなかった。

彰がくれた百合の花。別れの瞬間に、私が握りしめていた百合の花粉。

だから、あれは夢なんかじゃなかったと、私は確信している。彰はたしかに、存在したのだ。もう、会えないけれど。

そう思って、また涙腺が緩む。

庭先で揺れる百合の花を見つめながら、私はひっそりと涙を流した。

『泣き虫だなあ、百合は』

また、あの愛しい声が聞こえた気がした。

「よーし、じゃあ今から、来週の社会科見学のグループ決めするぞ」

窓の外に目を向けて、じわじわと鳴き叫ぶ蝉の声を聞いていた私は、黒板の前に立つ担任のほうに視線を戻した。

三週間後には、夏休みが始まる。その前に、毎年恒例の社会科見学があるのだ。

そういえば、今年の行き先はどこなんだろう。授業で話があったり、プリントをもらったりしたのかもしれないけれど、反抗期だった私は、そういうものは全て無視していたのだ。

まあ、どこでもいいか、と思う。どうせ、去年とたいして変わらないだろう。バスに乗せられて、どこかに連れて行かれて、何かの話を聞いたりして、お昼ご飯を食べて、またどこかに行って話を聞いて、帰ってくる。

私は頬杖をついて先生が黒板に書く文字をぼんやり眺めていた。

「じゃ、六人グループを六つ作るから、仲良い奴らと適当に組め」

仲のいい子と適当に組む、というのは、私みたいな人間にとっては、なかなかハードルが高い。なんせ私は、筋金入りの問題児で、クラスメイトたちから腫れ物扱いをされているのだ。人数が足りないグループに入るしかない。

先生もそのへんは心得たもので、五人で組んだグループの子たちに「あとひとりは加納に入ってもらうからな」と告げた。

少し大人しめの女の子たちのグループ。先生の言葉を聞いた瞬間、彼女たちは少し戸惑ったように顔を見合わせたけれど、その中でいちばん活発な感じのするリーダー格の橋口さんが、「わかりました」と先生に返事をした。

私が橋口さんたちのグループに近づくと、やっぱり困惑の表情を浮かべているのがわかった。なんだか申し訳なくて、居心地が悪い。でも、自業自得だ。今まで人付き合いを避けてきたツケが回ってきたのだ。

むしろ、橋口さんたちのほうがかわいそうだ。私みたいな問題児と行動を共にしないといけないなんて、気が重いだろう。せっかくの校外活動なのに。せめて、邪魔にならないように大人しくしておいてあげよう。

そんなことを考えていると、先生は机を動かして班を作り、班長決めとバスの座席決めをするようにと指示をした。

「リーダーは大事だぞ。見学のあと、各グループの代表として、案内してくれた学芸員の方に謝辞を述べてもらうからな」

先生が言った瞬間、教室じゅうがどよめいた。元気のいい男子グループが騒いでいるのが聞こえてくる。

「うーわ、マジかよ、最悪」

「謝辞とか、何言えばいいかわかんないっつーの！」

「お前やれよ、リーダー」

「やだよ、お前がやれよ！」

私の入ったグループも似たようなものだった。リーダー格の橋口さんが引き受けるのかと思いきや、人見知りで恥ずかしがり屋らしい彼女は、「絶対無理！」と首を振っている。ほかの子たちも似たり寄ったりの反応だ。

これじゃ、いつまで経っても埒(らち)が明かないな、と思った私は、タイミングを見計らって、「あのさ」と声をあげた。

グループのみんなが驚いたように一斉に私を見る。少しびくついているような気がするのは、さすがに被害妄想だろうか。

私は最大限の優しい表情を作って、彼女たちに笑いかけた。

「私がやろっか、リーダー」

「えっ？」

「あ、誰もやらないなら、私がやってもいいよってこと」

「え……」

橋口さんたちが目をまんまるに見開いて顔を見合わせた。

反抗期を終え、突然の変貌を遂げた私に、クラスのみんなは未(いま)だに対応も順応もできずにいる。どう扱えばいいのか分からない、という感じだ。

橋口さんたちも、急にリーダーを申し出たりした私の行動に戸惑っているようだ。でも、しばらくしてから橋口さんが、「じゃあ、お願いしていい？」と上目遣いで訊ねてきた。やっぱり怖がられてるな……なんて思いつつ、私は微笑んで「うん」と頷く。

「じゃあ、次はバスの座席決めだね」

私がそう言うと、橋口さんたちはまた顔を見合わせて、

「う、うん……」

と首を縦に振った。

これからは、ちゃんと人間関係を築いていこう。まずは社会科見学までに、グループのメンバーと少しでも距離感を縮めておかないと。

私は心の奥底でそう決意した。


「サエちゃん、チョコ食べる？」

「食べるー、お返しにグミあげる！」

「私もちょうだい！」

社会科見学の朝。

バスの中で、さっそくお菓子の交換合戦が始まった。私の周りでも、同じグルー

プのメンバーたちが和気あいあいとチョコやグミを出し合っている。

私の隣に座っているのは、橋口さん。通路を挟んで向かい側に座っている竹田さんや有川さんとお菓子を交換し終わり、橋口さんは席に座り直した。そして、恐る恐るという感じで、

「……加納さん、チョコいる？」

と訊いてきた。

私は笑って頷き、ポケットに入っていたキャンディを差し出した。

「じゃ、これと交換しよ」

「えっ、いいの？」

「だって、チョコくれるんでしょ？」

「え、うん、そ、そうだよね……」

橋口さんはこくこくと頷きながら、私が差し出したキャンディを受け取った。

やっぱり、すぐには仲良くなんてなれない。人間関係って、そんなに簡単なも

のじゃないんだ。それを、この一週間で実感した。でも、努力の成果か、少しだけ、距離が縮まっているような気もする。

行き先も分からないままバスに揺られる。

私はぼんやりと外を眺めていた。真っ青に透き通った青空。遠くに入道雲の群れが見える。

彰たちが出撃していった日の空を、彰たちが吸い込まれていった空を、なんとなく思い出した。

いちばん前に座っていた先生が立ち上がり、バスガイド用のマイクを取った。

「そろそろ着くぞー。荷物まとめて準備しとけよー」

クラスメイトたちがざわざわと動き出す。私も鞄を膝の上にのせた。

また、ぼんやりと窓の外を見る。道の端に、大きな縦長の看板が立っていた。

何気なくその文字に目を凝らしたとき、どく、と心臓が脈打った。

『特攻資料館』

どくどくどく、と鼓動が速まる。特攻、という文字が、看板を通り過ぎてからも目に焼き付いて離れない。

バスは、看板が示す通りに角を曲がった。そして、特攻資料館の駐車場に入っていく。

早鐘を打つように激しく動悸がしている。

みんなが立ち上がってバスを降りはじめたので、私はほとんど無意識にそれに続いた。でも、頭は真っ白だった。

蝉の声を両側に聞きながら、私たちは資料館の中に入った。

入り口を入ってすぐのところに、古びてぼろぼろになった戦闘機が展示されていた。彰たちが乗り込み、そして運命を共にした特攻機と同じものだった。

くら、と目眩がした。あの日の記憶が驚くほど鮮明に蘇る。

笑顔で手を振り、颯爽と行ってしまった特攻隊員たち。光の粒になって南の空に消えてしまった人たち。

こうして見てみると、当時の戦闘機は、現代の飛行機に比べて、あまりに小さく、華奢に見える。こんなに頼りないものに命を預けて、彼らは征った。

本当に目的地まで辿り着けたのだろうか？　途中で不時着したり、墜落したりして、志半ばで終わる例も少なくなかったという。

彰は？　彰はどうなったんだろう……。

頭がぼんやりして、何も考えられなくなった。

「ここからは班別行動な。事後学習でグループごとに発表してもらうから、ちゃんと考えながら見学しろよ」

担任の指示で、それぞれのグループがまとまって動き出した。私は橋口さんたちのあとをふらふらとついて歩く。

奥に入ると、広々とした展示室があった。

その壁を見た瞬間——ああ、と息が洩れた。

壁一面を、数え切れないほどたくさんの顔が埋め尽くしていた。

すべて同じ軍服、同じ制帽をつけている——特攻隊員たちの顔を写した白黒写真だった。

穏やかで明るい笑みをたたえた、七十年前に亡くなった若者たち。

その中にいくつかの見知った顔を見つけて、私は思わず顔を歪めた。泣いてしまいそうだった。

顔を背けて、壁と反対側に目を向ける。そこには、ガラスケースに入れられた数々の遺品や遺書が展示されていた。色褪せてぼろぼろになったものたち。何度も読まれたようにすりきれた手紙。グループのメンバーのあとに従って、私は目を奪われたようにそれらを眺めた。

出撃前夜の思いを記した日記のページ。出撃直前に作られた詩や短歌。『空母轟沈』『必中必沈』といった出撃の決意を半紙に書いたもの。どれも墨で書かれたきれいな文字ばかりだ。

遺書、という書き出しで書かれた手紙がいくつもあった。文末は、『天皇陛下万歳』『大日本帝国万歳』といった言葉で締めくくられているものが多い。

そんな手紙を家族に宛てて書くのは、そしてそんな手紙を受け取るのは、いったいどんな気持ちだったんだろう。

あの人たちが家族に書いて、ツルさんに預けた手紙も、『遺書』という書き出しだったんだろうか……。

ぼんやりと展示ケースの間を回っていたとき、ふと見覚えのある筆跡を見つけて、はっとした。ケースに顔を寄せ、じっと見つめる。

寺岡さんの手紙だった。思わず文字を追っていく。

奥さんに宛てて書かれたらしい長い文章は、さらさらとした文字がつながっていて読みにくく、ほとんど理解できなかった。

ただ、「佳代をよろしく」という部分だけはなんとか読めた。佳代というのは、たしか、寺岡さんの赤ちゃんの名前だったはずだ。奥さんに向けた言葉の後ろに、その娘に宛てた言葉があった。きっと子どもが読めるようにという気づかいだろう、カタカナで書かれていたので、私にも読めた。

『カヨへ。オオキクナッタラ　ヨンデクダサイ。

キチンと　ベンキョウニ　ハゲミナサイ。オカアサンノ　テツダイヲ　シナサイ。オトウサンガ　イナクテモ　サミシクハナイヨ。オトウサンハ　カミカゼトナッテ　オクニヲ　マモッテ　イルノデスカラ。イツモ　ソラカラ　カヨヲ　ミテイルノデスカラ』

……佳代ちゃんは、この手紙を読んだのだろうか。佳代ちゃんが自分で読めるようになった頃にはもう、戦争が終わって何年も経っていただろう。そのとき、佳代ちゃんはどう思ったのかな。

私はそんなことを考えながら次の手紙に目を移した。それは、石丸さんの手紙だった。達筆だけれど、字がつながっていないので読みやすい。

『こんばんは　あの世からの手紙です』

石丸さんらしい書き出しだな、と思って、すごく懐かしくなった。

『明日、出撃いたします。父上様、母上様、二十余年　誠に御世話になりました。楽しい人生でありました。何ひとつ未練などありません。ついでに言うと、借金も愛人も隠し子もありません。どうか御安心ください。

それでは、ちょっと征って参ります。笑って潔く散ります。さようなら』

少し、笑ってしまいそうだった。遺書に『借金』だの『隠し子』だの書くなんて。石丸さんのあっけらかんとした笑顔が思い浮かんだ。

本当に、とても明るくて楽しくて、朗らかな人だった。きっと家族が悲しまないように、その悲しみが少しでも軽くなるように、こんな手紙を遺したんだ。

私は石丸さんの優しさに思いを馳せ、口許に少し笑みを浮かべて、何気なく次に視線を移した。

その瞬間——心臓が止まった。

一瞬で、目の前が真っ白になった。ふら、と身体が揺らぐ。倒れないように、私はガラスケースに手をついて、衝撃が収まるのを待った。

彰だ。

彰の字だ。彰の手紙だ。

ぐ、と胃がせりあがってくるような感覚を覚えた。動揺のあまり吐き気を感じながら、私は彰の手紙を凝視する。

お父さんとお母さん、そして弟さんと妹さんに宛てた、四通の手紙。

私は、ガラスケースにほとんどすがりつくように前のめりになって、彰の手紙を読みはじめた。

『父上様。厳しく正しくお育て頂き、感謝の言葉もございません。

甚大(じんだい)なる御恩に、死んで報いる光栄を得ました。特攻の大命を賜り、明日征きます。幼少の頃よりの念願を果たして御国の為に華と散ります。皇国の永遠無窮(えいえんむきゅう)を信じて征きます』

まったく迷いを感じさせない、力強く凛(りん)とした文字。あまりにもまっすぐな言葉たち。

ああ、彰だ……と思った。強い信念をもった、揺るがないまっすぐな瞳。

『母上様。日本女性の鑑(かがみ)そのものの強く優しい母に愛されて育ち、彰は幸せでした。どうか泣かないでください。これは喜びの死です。彰には何も思い残すことはありません。

生前の親不孝をお許しください。お先にあの世へ行ってのんびりとお待ち致しております。いつまでもいつまでも、どうかご達者で』

お母さんへの手紙は、お父さん宛てのものに比べると、ずいぶん優しく柔らかな線で書かれていた。

ああ、これも彰だ、と思った。優しく包み込むような微笑みが目に浮かんだ。

『哲(さとし)へ。この度、兄は特別攻撃隊員として召された。身に余る光栄に身震いしそうな思いだ。お国の為に散ることを許された喜び、それを胸に体当りする。必ず敵を轟沈してみせよう。この手紙が届く頃には、この兄は既に、敵艦もろとも海の底へ沈んでいるだろう。大和男子として、これ以上の栄誉があろうか。短い一生ではあったが、兄は悠久の大義に生きた。
お前が、兄ちゃん兄ちゃんと言っていつもあとをついてまわっていたのが、なんだかとても懐かしい。哲、立派な日本男児となれ。母上様をよろしく頼む』
『恵子（けいこ）へ。兄らしいことは何もしてやれなかったが、いつもお前のことを心配していた。学校へ行って勉強がしたいといつも言っていたね。じきに戦争は終わるだろう。昔のように友達と一緒に学校へ通える日が戻ってくる。その日が来たら、存分に学びなさい。学ぶべきことは、数え切れないほどにたくさんある。兄が学べなかった分まで、どうか勉学に励んでくれ。
最後に、この兄の分までも父上様母上様に孝行してくれ』
一文字一文字、思いを込めて書いたのが伝わってくるような手紙だった。彰は本当に弟さんと妹さんのことを大事にしていたんだな、と伝わってくる。
私はゆっくりと瞬きをした。
彰という人間が本当に存在した証を確認できた気がして、無性に嬉しかった。

そして、ゆっくりと歩き出したとき、私の目が、一通の手紙の上にとまった。

その手紙だけ、やけにきれいで真新しく見えた。

まるで、封筒に入れたまま大事にしまい込んで、ずっと誰も読んでいなかったような——。

不思議に思って、ふと顔を近づけた瞬間。

「……っ!!」

私は声にならない叫びをあげた。そこには、

『百合へ』

と書いてあった。彰の字で。

うそ……これ、あのときの手紙?

彰の出撃の日に、ツルさんの家で見つけた、あの手紙?

ガラスケースにのせた手が、かたかたと細かく震えていた。

まさか、ここに、あの手紙があるなんて。

私は瞬きも忘れて、その手紙に吸い込まれるように上半身を屈めた。

『百合へ
こんな手紙を書いても、君を悲しませるだけかもしれないね。

でも俺は、この気持ちがただ海の泡として消えていくのだけは耐えられなかった。だからここに、俺の素直な思いを記させてほしい。そして君に読んでもらえたら、俺はとても嬉しい。

君のことを、もうひとりの妹のようなものだと言ったことがあったが、すまない、あれは嘘だった。

俺は君のことを愛していた。君の素直でまっすぐで優しい魂を、心から愛していた。

できることならば、戦争などのない時代に生まれていたのならば、君と一生を共に過ごしたかった。

でも、それは叶わない夢だ。明日の十三時三十分、俺は飛び立つ。そして散る。

俺は今、自分の墓場となる空を見上げながらこの手紙を書いている。百合の花が咲くあの丘、君と語らったあの丘で。

君の花の香りがする。甘い香りに胸が一杯だ。

この美しい花と同じように、君はとても純粋で、清らかで、まっすぐで、自分の気持ちに正直で、そんなところが俺は愛おしくてたまらなかった。

なんだか空が無性にきれいだ。君と見た、あのときの星空と同じだ。無数の星が夜空一杯に光り輝いている。

あの空に俺は散る。君のために。君という花が咲く、この世界のために。

君の幸せだけを願っている。君の笑顔が輝きつづけることだけを。

百合、会いたい。ついさっきまで会っていたのに、もう会いたい。

こんなにも君が愛おしいのは、なぜなのだろう。

百合、生きてくれ。こんな時代に生まれてしまったことで苦しんでいる君を見ているのはつらかった。

だが、戦争は終わる。近いうちに必ず終わる。

だから、なんとしてでもこの戦争を生き抜いてくれ。

それだけを俺は今、願っている。さようなら』

「…………っ、う、……っ」

途中からは、もうほとんど読めなかった。

拭っても拭っても溢れ出す涙のせいで、視界がいびつに歪んで。

顎(あご)の先から落ちた涙がガラスを濡らして。

――彰。彰、会いたい……会いたい。

膝の力が抜けて、立っていられなかった。

よろりと床に崩れ落ちた私を、周りにいたクラスメイトたちが驚いたように見ている。それに構わず、私は嗚咽を洩らして泣いた。

静まり返った展示室に、私の泣き声が反響する。

「……っ、あきら、あきら……っ」

泣きじゃくりながら、私は壁のほうに目を向けた。

壁を埋め尽くすように並んだ、たくさんの白黒の顔写真。

すぐに、見つかった。彰の写真は、私の目には、一枚だけ浮き上がっているように見えた。

私はふらりと立ち上がり、もつれる足で走って、壁にすがりついた。

小さな四角い写真の中で、彰が微笑んでいる。懐かしい微笑み。

その胸ポケットに、百合の花が二輪、寄り添い合うように挿さっていた。

──ああ、私は、こんなにも愛されていたんだ。

彰は、私の初めて愛した人は、こんなにも深く、静かに、私のことを愛してくれていた。手紙からも、写真からも、それが痛いくらいに伝わってきた。

私は床にしゃがみ込み、もう声を抑えることもできずに泣いた。

「……加納さん、大丈夫……？」

橋口さんが私の横に膝をつき、心配そうに覗き込んでくる。

だめだ、みんなが驚いている。みんなが困っている。そう思ったけれど、それでも私の涙は止まらなかった。

結局私は、先生たちに抱きかかえられるようにして外に連れ出されるまで、幼い子どものように大声をあげて泣き続けていた。

新しい世界

新しい世界だ、と思った。

特攻資料館の外のベンチに座り、涙が涸れるまで泣いて、先生が買って来てくれたミネラルウォーターをひと口飲んで、ふと空を見上げたとき。

ここは新しい世界なんだ、と思った。

青く澄んだきれいな空。ゆったりと流れていく白い雲。ふわりと肌を撫でるそよ風。風に吹かれてそよぐ緑。目映い陽射し。

ここが、彼らの守ろうとした世界だ。

これが、彼らが自らの命を犠牲にしてまで叶えようとした平和だ。

空の真ん中を、飛行機が飛んでいくのが見えた。白い飛行機雲が青い空に浮かび上がる。

私は空を仰いだまま、ゆっくりと目を閉じた。

瞼に感じる太陽の熱。

あの時代には、こんなふうに、のんびり空を見上げることさえできなかった。

空を切り裂くように横切っていく爆撃機に、みんなが怯えていた。

でも、今は違う。この日本では、誰ひとり飛行機の影に怯えたりしていない。


数時間後、バスに乗り込み、学校へと戻った。

バスを降りて、グラウンドで集会をしたあとに解散してから、私は校舎のトイレに入った。予想していた通り、目が真っ赤に腫れていた。

橋口さんが凍らせたペットボトルを貸してくれたので、バスに揺られている間ずっと目に当てて冷やしていたけれど、あれだけ泣いたら、そんなにすぐに治るはずがない。

私はため息をついて、教室に入った。もちろん、誰もいない。

グラウンドから、サッカー部や野球部のかけ声が聞こえてきた。

耳を澄ませば、音楽室から吹奏楽部の練習の音、体育館からボールの跳ねる音。

それらを包み込むような蝉の声を聞きながら、私は目の腫れが治まるのを待った。

教室の中が少しずつ夕焼けの色に染まってきた頃、私は席を立った。生徒玄関の靴箱でスニーカーに履き替え、外に出る。

夏の匂いがした。

胸一杯に空気を吸い込んで、また、新しい世界だ、と思った。

どこか清々しい気持ちで、私は校門を出た。

校門を出て数歩進んだところで、私はふと足を緩めた。見慣れない制服の男の子が、植木の隙間からグラウンドを覗き込んでいるのを見つけたのだ。

私は少し不審に思って男の子の様子を窺いながら、ゆっくりとその背後を通り過ぎる。

そのとき、男の子が私の気配に気づいたのか、ぱっと振り向いた。

「……あ」

思わず、立ち止まった。

その顔を見た瞬間、私には、分かってしまったのだ。

この男の子は――彰だ。

彼は首を傾げて不思議そうに私を見ていたけれど、しばらくしてから、ふっと笑った。

その笑顔は、やっぱり、彰の笑顔とおんなじだった。優しくて透明な微笑み。

穏やかな表情を浮かべたまま、男の子が口を開いた。

「君、ここの中学の子？」

私はぽかんとしたまま、こくりと頷いた。

「そっか。何年生？」

「に……二年生」

なんとか答えると、彼はふんわりと笑顔の花を咲かせた。

「じゃあ、同じ学年だ。よかった。俺、来週からここの二年に編入するんだ。よろしく」

男の子がこちらに手を伸ばしてきた。私も反射的に右手を上げて差し出すと、男の子の手がしっかりと私の手を捉えた。

この感触を、私は知っている。

骨ばっているけれど、なめらかな感触の、私よりも大きな手。

あきら、と心の中で呼ぶ。

「よろしくね」

と呟いて、私は男の子の目を見つめた。

きらめく星明かりを宿したような、まっすぐできれいな瞳だった。

新しい世界。

そうだ。私は、この世界で生きていくんだ。

たくさんの苦しみと悲しみと犠牲の上に築かれたこの新しい世界で、私たちは、これからも生きていく。

この世界をつないでくれた、数え切れない人たちの命と愛を、全身に感じながら。

あの夏、空に散ってしまったみんな。私の声が聞こえますか。

私は今、あなたたちが守ってくれた未来を生きています。

あなたたちが願った、明るい未来を生きています。

素晴らしい未来を私たちに残してくれてありがとう。

あなたたちのことは絶対に忘れません。あなたたちの犠牲は絶対に忘れません。

あなたたちが命を懸けて守った未来を、私は精一杯に生きます。

どうか、安らかに眠ってください。

――ねえ、彰。

私の声が聞こえますか。

あなたは今、どこにいるの？

そこは、痛みも苦しみも悲しみもない、穏やかな場所ですか？

風に吹かれる花びらのように儚く散ってしまったあなたが、せめて今は、優しい夢の中で、安らかに眠っていることを祈ります――。

終章　晩夏

エピローグ

最期のときが、刻一刻と近づいている。

死ぬのは怖くない。もう、そんな気持ちはとうに消えた。自分には、この最期しか許されないのだ。

この数ヶ月は、死ぬことばかりを考えて生きてきた。死ぬ覚悟を決めることばかりを考えていた。

逃げることができないわけではなかった。でも、そんなことをすれば、命を惜しんだ情けない男の家族として、父母弟妹がつらい思いをすることになる。そんなことなどできるはずがなかった。

——でも、一度だけ。

たった一度だけ、本気で逃げ出してしまいたいと思ったことがあった。ずっと隣にいて守ってやりたい、と込み上げるように思う少女に、出会ってしまったからだ。

こんな時代でなければ、戦争などなければ、俺が兵士でなければ、と何度も歯がゆく思った。

でも、俺は特攻隊員として死ぬことを選んだ。結局は誰かが征かなければならないのだ。

彼女への想いを断ち切って、俺は数時間前、地上から飛び立った。

くすんだ灰色の大海原に浮かぶ敵艦の群れが見えてきた。米軍の空母だ。甲板に戦闘機が数機、並んでいる。

『目標発見！』

加藤さんの意気込む声が無線で飛んできた。

あのひとつに、今から俺は特攻する。それが俺の最後の任務だ。

大きく息を吸い込み、覚悟を決めて、操縦桿をぐっと握りしめる。

手が震えているのに気づいた。

そうか、俺は怖いのか、と他人事（ひとごと）のように思った。

こんな状態では失敗してしまうかもしれない、と思うと、途端に恐ろしくなった。不安の塊が胸の奥底で膨らんでくる。

そのとき、濃密な甘い香りがふわりと漂ってきて、鼻腔（びこう）をくすぐった。

はっとして視線を落とす。

そこには、真っ白に開いた百合の花があった。今朝、出撃の身支度をしているときに、胸ポケットに挿してきたのだ。

昨日の夜、百合の花が群生している丘に行き、二輪だけ手折ってきた。二輪のうちのひとつは、ここにはない。出発の直前に手放したからだ。

花の香りを嗅いでいると、不思議と満ち足りた気持ちになって、手の震えが止まった。

百合、と呟く。

この花と同じ名を持つ少女を、俺は愛した。

まっすぐで純粋で優しい魂を持った少女だった。

無垢（むく）な瞳で、まっすぐにひたむきに俺を見つめていた。その視線に俺への特別な思いが込められていると感じたのは、俺の思い上がりだろうか。

一緒にいたかった。でも、その願いは叶わなかった。

だから、最後の夜、手紙を書いた。そんなものを書いても仕方がないと分かってはいたが、どうしてもこの思いを形に残しておきたかったのだ。

生まれ変わったら一緒になろう、と書いて、書いてしまってから慌てて塗りつぶし、すぐに新しい便箋に書き直した。

彼女の手を離し、振り切って、彼女を捨て置いて飛び立った自分に、そんなことを言う資格はないと思った。

——でも、今、心から思う。

百合、もう一度会いたい。
俺は、生まれ変わっても必ず、君を見つける。そして、もう一度、出会う。
生まれ変わったら――あの花が咲く丘で、君とまた出会えたら。
今度こそ、君のきれいな瞳を見つめながら、俺の本当の気持ちを伝えたい。
愛している、と伝えたい。
何にも邪魔されず、誰に遠慮することもなく、君だけのために生きたい。
だから、百合。どうか、待っていてくれ。

俺はゆっくりと瞬きをして、深く息を吐き出した。そして、再び操縦桿を握りしめ、敵艦めがけて急降下する。
そのとき、甲板にいるひとりの米兵の姿が目に入った。若い男だ。恐怖に歪んだ顔がはっきりと見えた。彼は身を翻(ひるがえ)して逃げ出した。

君にも俺と同じように、大切な家族や、愛する人がいるんだろう。
そう思った瞬間、俺の手は操縦桿を思いきり左に回した。
機体が大きく揺れ、急激に向きを変える。重力がずしりとかかった。
機体の進路は敵艦から大きく逸れた。

真っ青な海面に向かって落ちていく。
激しい衝撃。
……視界が真っ白になった。
百合の花のような白だ。
何も見えない。何も聞こえない。身体の感覚もない。
俺の世界は一瞬にして、濃密な百合の香りだけに満たされた。

百合、愛している。

きっと、君に会いに行くよ。絶対に、また君を見つけるから。

——いつか必ず、また会おう。あの花が咲く丘で、また出会おう。

何もない世界で、俺はただそれだけを思う。

〈完〉

あとがき

この度は数ある書籍の中から『あの花が咲く丘で、君とまた出会えたら。』を手に取ってくださり、誠にありがとうございます。

本作は二〇一六年にスターツ出版文庫より刊行された作品で、今回新たに単行本として刊行していただけることになりました。

人生の転機となったデビュー作であることに加え、ありがたいことにこれまでの七年間で本当にたくさんの方から温かい応援をいただけたことから、私にとって非常に思い入れの強い作品です。

仕事終わりに夜更けの部屋の片隅でひとり黙々と執筆し、インターネットの海の片隅にひっそりと公開していた小説が、まさかこれほど多くの方と出会えることになるとは、当時は想像すらできませんでした。

すべては読んでくださった方々の応援のおかげに他ならず、読者様のお力の偉大さを日々実感しております。本当にありがとうございます。

私は鹿児島県で生まれ育ったのですが、学生の頃に課外活動で知覧（ちらん）の特攻平和会館に行く機会がありました。中に入った瞬間、普段はおちゃらけている人も、ちょっと斜（はす）にかまえている人も、誰もが言葉を失って静まり返ったことを、今でもはっきりと覚えています。大声で騒いだりふざけたりする人は誰ひとりいませんでした。それほどの衝撃に満ちた空間でした。

自分とさほど年の変わらない人たちが、その時代に生まれたからというだけの理由で、理不尽に命を失っていったという事実に、私は深く打ちのめされました。生まれた時代や場所が少し違えば、私の親族や私の友達も私自身も、戦火に命を奪われていたかもしれないのだと思い知って、私はそれまでの自分の生き方、命の重さなど感じることもなく安易で軽率な言動をしてきたことを恥じました。

のちに他県で国語科の教員となり、戦争を題材とした作品を高校生たちと一緒に読んでいたとき、今の学生たちにとって戦争というものはあまりに遠い出来事なのだと分かりました。彼らの祖父母ですら戦後に生まれた世代であり、ずっと昔のことだと感じるのは当然だろうと思います。

もちろん私自身も、戦時中のことは幼い頃にときどき祖父母から昔話として断片的に聞いていただけで、身近な出来事と考えていたわけではありません。ただ、今目の前にいる祖父母が過去に経験したということから、その時代は確かに現在と地続きになっているのだと、幼心にも肌で感じることができていたと思います。

どんなに時間が流れても、決して風化させてはいけない事実があります。上の世代から教えられたことを、私たちの世代が引き継いで、下の世代へと伝えていかなければならない。ただ歴史上の出来事として『知る』だけではなく、今も消えない事実として『感じる』ことが重要である。どうすれば、そういう伝え方ができるだろうか。

そのような思いから、若い世代にとって身近なケータイ小説として、彼らと同じ年代の少女が過去へ飛ばされて戦争を体験する、という物語を書きました。

この物語が、若い方々にとって、戦争という過去と命の重さを『感じる』ことのできるきっかけになれたらと願っております。

本作を好きでいてくださる読者様、応援してくださっている書店員様、本当にありがとうございます。

皆様に直接お会いして、感謝の気持ちをお伝えすることはなかなか難しいので、お礼に代えまして、後日談となる掌編を執筆いたしました。

短いお話ですが、皆様の応援に少しでも報いることができましたら幸いです。

二〇二三年六月　汐見夏衛

【書きおろし番外編】また夏が来る

「千代ちゃん、おはよう」

鶴屋食堂の裏口から顔を覗かせると、かまどの前にいたツルさんがすぐにこちらに気づき、にこにこと声をかけてくれた。

「おはようございます、ツルさん。本日の配達でーす」

今朝仕入れたばかりの魚が入った木箱を抱え上げて、私も笑顔で応える。

「ご苦労さま。いつものところにお願いしていいかい」

かまどの火を加減しながら、ツルさんがそう言う。

私は「はい、分かりました」と頷き、木箱を土間の隅に置いた。

「ありがとう、千代ちゃん。今日はいちだんと暑いねえ」

ツルさんの言葉に私も「暑いですねえ」と笑い、それから無意識のうちに、裏口の引き戸の向こうに広がる景色へと目を向けた。

真っ青に晴れた空と、真っ白な入道雲。

八月半ば、真夏の景色が広がっている。

ツルさんも同じように空を見上げた。

「………」

「………」

ふたり言葉もなく、ただじっと、青く澄んだ空を見つめる。

きっと考えていることは同じだろうなと思った。

夏の空を見ると、忘れたくても忘れられないあの日の光景が、今でも鮮やかに蘇ってくる。

真っ青な空に、消えていった光。

「……千代ちゃん、お茶でも飲んでいかないかい」

ツルさんが目を細めて優しく微笑み、私を食堂のほうへ手招きした。

「ありがとうございます、いただきます」

私たちは少し眉を下げて笑い合った。

終戦の夏から、もう二年。

彼らと出会い、別れてから、もう二年も経つのか。

あの夏のことを、今はもう、わざわざ口に出すことはない。

でも、ツルさんも、私も、一時も忘れてなどいない。それが、互いの目を見れば分かる。

食堂の片隅、飾り棚の上には白い花瓶が置かれていて、いつも季節の綺麗な花が生けられている。

「……百合」

私は思わず呟いた。

うん、とツルさんが小さく言った。

肩を並べて座り、お茶を飲みながら、凛と咲く百合の花を見つめる。

「――今頃どこでどうしてるのかねえ、百合ちゃんは……」

ツルさんが囁くように言った。

「元気にしてくれてるといいんだけどねえ……」

「……百合なら、きっと、大丈夫」

つややかで無垢な純白の花びらを見つめながら、私は答えた。

百合という少女は、ある日突然私たちの前に現れて、ある日突然姿を消した。

特攻隊の出撃を見送りに行った、あの日のことを思い出す。

基地の滑走路沿いに集まった人々にまじって、私も目の前を行き過ぎる特攻機たちをじっと見つめていたとき、耳慣れた声が聞こえてきた。

見ると、見送りには来ないと言っていたはずの百合が、少し離れた場所で、特攻機に向かって何か叫んでいた。

全ての機が飛び立つのを見送ったあと、百合に声をかけようと再びそちらへ目を向けると、彼女が気を失ったように倒れるのが見えた。

私は慌てて人混みをかき分け、百合のもとへと向かった。

でも、倒れたはずの場所に、彼女はいなかった。

周囲の人に行方を訊ねても、みんな、知らない、分からないと答えた。

百合はまるで幻のように消えてしまったのだ。

「千代ちゃん。あの手紙、よろしくね」

ふいにツルさんが言った。

佐久間さんの手紙のことだと、すぐに分かって、私はこくりと頷く。

あの日、姿を消した百合をツルさんと一緒に日が暮れるまで探し回ったあと、鶴屋食堂に戻った。そこで、ツルさんが前夜に特攻隊員たちから預かったという何通もの遺書の中から、一通の手紙が見つかった。

佐久間さんが百合に宛てて書いたものだった。

「私はもうこの年だし、百合ちゃんにまた会える日まで元気でいられるか分からないから、千代ちゃんに預かっておいてもらえると嬉しいんだけど……」

そう言われて、私は躊躇なく「任せてください」と受け取った。

一度だけ開封して中をあらため、たしかに百合に宛てられたものだと確認したあとは、ずっとしまい込んでいる。

しっかりと封をして、きれいな小風呂敷で包んで、いただきもののお菓子の空箱に入れて、机の引き出しのいちばん奥に、大切に保管してある。

ちゃんと百合に届けられる日まで、汚れたり破れたり、失くしてしまったりしないように。

「いつか百合に会えたら、絶対に渡します」

でも、実は私は、百合にはもう二度と会えないような予感がしていた。

きっと彼女は今もどこかで元気に生きている、そう確信している。

ただ、それは、とてもとても遠い場所で、生きているうちには行けないくらいに遠く離れた場所で、だから、私と百合が再会できる日は、来ないような気がするのだ。

でも、世界はつながっている。

どんなに遠く離れていても、どんなに長い時間が経っても、世界は途切れることなく、つながっている。

だから、たとえ私自身が百合に会って手渡すことはできなくても、何か別の形で、誰か他の人の手を経て、いつかきっと彼女のもとへ届く日が来るはずだ。

その日まで、あの手紙は、大切にとっておく。

もしも私が年をとったり、病気になったりしたら、他の信頼できる誰かに引き継いで、どこか安全な場所で、大切に保管しておいてもらう。

そうやって人間は、見聞きしたことを語り継ぎ、未来に残しておくべきものを受け継いで、忘れてはいけない過去を継承していくのだ。

佐久間さんから百合への手紙とは別に、もうひとつ、大切にしまっているものがある。

それは、石丸さんが私に残してくれた手紙だ。

たった一枚の紙、たった五文字だけの手紙。

『君に幸あれ』

戦地へ飛び立つ前日、涙をこらえながら別れの挨拶をした私に、そう書かれた紙切れを小さく折りたたみ、こっそりと手渡してくれた石丸さん。

私の手のひらに包み入れるように、そっと。

家に帰って、紙を開いて中を見て、私は泣き崩れた。

この身体の中にこんなにたくさんの水が入っていたのかと驚くほど、涸れることなく涙が溢れた。

君に幸あれ。その文字には、まさに石丸さんそのものの、明るさと力強さが宿っていた。

ああ、そうだ。幸せにならなくてはいけない。

そう強く思った。

幸せを感じられる人間でいたい。

幸せを与えられる人間になりたい。

幸せな世界にしたい。

そんな途方もないことが、私にできるかは分からないけれど。

これから世界は急激に変わっていくだろうとお父さんが言っていた。新しい世界になるのだと。

新しい生活の中で、目まぐるしく変わっていく社会の中で、人々が過去を忘れていってしまうとしても、私は決して忘れないでいること。

経験したことを、忘れてはいけないものを、大切に胸に抱き、語り継いでいくこと。

それが、私にできることの第一歩ではないかと思う。

だから私は、あの百合への手紙を、絶対に守る。

戦火に奪われ消えてしまった命と想いがあったことを、語り継いでいく。

そして、石丸さん。あなたのことも、私は決して忘れない。

いつかきっと、また会える日が来ると信じて。

ここではないどこかで、今ではないいつか、あなたではない誰か、私ではない誰かになっているかもしれないけれど、それでもいい。

きっと、あなたと、再会できる。

そのときは、あなたのことが好きですと、ためらいなく言える世の中であってほしい。

好きなものを、好きな人を、堂々と好きでいられる。

いつか、そんな時代になりますように。


「——じゃあ、私、戻りますね。お茶、ご馳走さまでした」

気をつけてね、と笑顔で手を振るツルさんに、また明日、と手を振って応える。

外に出ると、吹き過ぎる風にさっと頬を撫でられた。

思いのほか涼しい風だった。
太陽に熱された空気の中に、次の季節の気配がすでに滲んでいる。
もうすぐ夏が終わる。
そしてまた、夏が来る。
何度も何度も、新しい夏を迎えて、そのたびに私は、彼らを思い出すだろう。
あの夏に消えた、私の大切な人たちを。

汐見夏衛先生への
ファンレター宛先

〒104-0031東京都中央区京橋
1-3-1八重洲口大栄ビル7F
スターツ出版(株)書籍編集部気付　汐見夏衛先生

あの花が咲く丘で、君とまた出会えたら。

２０２３年６月２５日初版第１刷発行
２０２４年１０月９日　第13刷発行

著者　汐見夏衛

発行者　菊地修一
発行所　スターツ出版株式会社
〒１０４－００３１東京都中央区京橋１－３－１
八重洲口大栄ビル７Ｆ
ＴＥＬ０３－６２０２－０３８６（出版マーケティンググループ）
ＴＥＬ０５０－５５３８－５６７９（書店様向けご注文専用ダイヤル）
https://starts-pub.jp

印刷所　株式会社　光邦
Printed in Japan

ＩＳＢＮ　９７８－４－８１３７－９２４７－５　Ｃ００９５

この物語はフィクションです。実在の人物、団体等とは一切関係がありません。

※本作は二〇一六年七月にスターツ出版文庫（小社刊）として刊行されたものに一部加筆修正したものです。
※対象年齢：中学生から大人まで

大ヒット作

『夜が明けたら、いちばんに君に会いにいく』スピンオフ作

だから私は、明日のきみを描く

汐見夏衛・著

定価：1320円

（本体1200円＋税10%）

今までの人生で初めての、どうにもならない好きだった。

大人しくて自分を出すのが苦手な遠子。クラスで孤立しそうになったところを遥に助けてもらい、なんとか学校生活を送っている。そんな中、遥の片想いの相手－彼方を好きになってしまった。まるで太陽みたいな存在の彼方への想いは、封印しようとするほどつのっていく。しかしそれがきっかけで、遥との友情にひびが入ってしまい－。おさえきれない想いに涙があふれる。『夜が明けたら、いちばんに君に会いにいく』の著者が贈る、繊細で色鮮やかな青春を描いた感動作！

ISBN：978-4-8137-9015-0